父の章　母の章

坂野一人

メタ・ブレーン

父の章

母の章

父の章　第一話

終宴（しゅうえん）

初めての子供は女の子だった。

お祝いにかけつけた旧友が、「遅くなってできた子は、カワイイって言うぜ」と、三十六歳で父親になった僕に、意味深な笑みを浮かべた。

遅くなって、というフレーズが、いささか癪（しゃく）にさわったが、その夜、バスルームで髭（ひげ）をそろうとのぞきこんだ鏡の向こうから、三十六歳の自分が、情けない表情で睨（にら）んでいる。

自由業という仕事のせいか、それとも生来の童顔からか、あるいは無造作に伸ばした髪のためか、初対面の人からはたいてい七、八歳は若く見られる。とはいえ、あらためて鏡をのぞくと、顔のあちこちにできた細かいシミ、目尻や口もとのシワ……自分だけが知っている自分自身のおぞましい老いがある。

　子供が生まれてからというもの、僕は得体の知れぬ焦り（あせ）に悩まされていた。そのせいか、気持ちが妙に屈折し、素直になれない。『カワイイでしょう？』などと他人から言われると、照れ笑いを演じながらも、内心は穏やかでない。

《三十六歳という年齢で初めて親になった戸惑いかなぁ》と勝手に決着をつけてはみるものの、心の底へ綿埃（わたほこり）のようにへばりついた焦りは消えなかった。

　その焦りに、針を刺したような疼痛（とうつう）を感じたのは、子供がちょうど四ヵ月目に入った日のこと、おりしも旧盆で田舎の実家に帰省した日の夜だった。

　風呂上がりの子供に添い寝をしていたときである。まどろみかけていた娘が、うつぶせ寝の首を不意に持ち上げ、あきらかに強烈な意志を持った表情で、じっと僕を睨（にら）んだのだ。

　その瞬間、僕は娘の視線に追われ、気持ちの行き場を失ってしまった。開け放しの窓の向こうでは、近くの公民館で行われている盆踊りの太鼓の音が、重苦しい夜の空気の底を鈍く震わせている。寄る辺のない焦り（あせ）は、やがて心の隅（すみ）に追い詰められ、そこで観念したように弾けてしまった。

　豊かで、淋しい感情が、心に充満した。僕は妙に素直な気持ちになって、心のなかで娘に話しかけた。

「君が生まれて、僕はパパになってしまった。でも、君が生まれたからといって、そのままパパになれるとは思えない。パパになる自信がないなんて、そんな無責任なことは言わないけど……この先何十年も、君と僕の関係を冷静に見つめていくために、自分自身のなかで、この孤独感にひとつの区切りをつけることが必要なんだ。そしてそれが……僕と君のママとの、ほんの偶然の出逢いを、最大の必然として生まれてきた君への、最小限の礼儀のような、そんな気がするんだ」

僕を見つめていた娘が、一瞬大きく背を反らせて意味不明な声を上げた。そして、パッタリと布団に顔を埋め、満身の力を込めて泣きはじめた。

風呂上がりの濡れた髪に、慌ただしくバスタオルを巻きつけた妻が、怪訝な表情で部屋へ駆け込んできた。

「どうしたの?」

「なんでもないさ。心配ない、心配ない」

脈絡のない弁解をしながら、僕の心の中では、今回の旅への決意が固まりつつあった。

幼い頃から、盆踊りの太鼓の音が聞こえる夜になると、決まって寄る辺のない感情に悩まされた。それは、夏という開放された季節に決別する淋しさと、日焼けあとの疼(うず)きにも似たけだるい充足がいりまじった、奇妙な孤独感だった。そして、それは僕の意識の濫觴に鎮座し、まっ裸の『自分』を形成している。

子供が生まれ、人生の役どころが、またひとつ増えてしまった、と感じたとき、僕の心に巣くった苛立ちは、父親という大役へ入る前に、素顔の自分自身をもう一度確かめ、そこにひとつの区切りを付けなければ、という焦りだったような気がする。

僕はふと、《世の男どもは、なぜあのように心平和に、そして喜びに満ちながら、父親に成っていけるのだろう？》と思う。それは、世の男性の力強さへの羨みと、鈍感さへの侮蔑が幾層にも沈殿した心の滓だった。しかし、そう思うはじから、《いや、平和で幸福そうに見えながら、その内実は、それぞれ他人には知ることができない葛藤を抱えているのだろう》という、根拠のない達観が、滓を洗い流す。そんな独り芝居のシナリオは、僕自身でも制御のしようがない孤独感が描いていたのかもしれない。ただひとつ不思議なことは、娘に睨まれたとき、僕の脳裏に、ある情景が忽然と浮かび上がったことだ。

それは、オーストリアのツィラータール・バーン（チロルの谷の鉄道）を走る、おもちゃのようなＳＬ、それもサマータイム最終日のＳＬだった。

ツィラータールは「チロルの谷」、文字通りオーストリアのチロル地方にある谷の名である。ツィラータール・バーンは、谷の起点となるイエンバッハという小さな町から、谷奥の最終駅であるマイヤーホーヘン村までの約三十キロ間を走る地方鉄道で、毎年、六月から九月のサマータイムの期間には、一日二往復だけ旧型の小さなＳＬが運行されている。

僕がそのことを知ったのは二年前の九月下旬、新婚旅行を兼ねてヨーロッパを巡ったときだった。イエンバッハという小さな町の駅前にあるホテルで、旨いマスのムニエルが食えると聞き、ドイツのミュンヘンからイタリアのフィレンチェに行く国際列車を途中下車し、そこに一泊した。ちょうどサマータイム最終日の四日前のことだった。

そのとき、ミュンヘンから同じコンパートメントに乗り合わせ、偶然同じ駅で降りたドイツ人の老夫婦が、ここまできてサマータイム最終日のＳＬに乗らない僕たちに驚き、

「なるほど日本にはサマータイムというのがないのですね。それならば、わからないかもしれないが……」

と流暢な英語で前置きし、ツィラータール・バーンを走るサマータイム最終日のＳＬの様子を、手ぶり身ぶりを交えて語ってくれた。

彼らは、東洋人にも理解できるよう、わかりやすい英語でゆっくりと語ってくれたようだが、僕には、彼らの想いの半分も理解できなかった。しかし、『チロルの短い夏との別れを惜しみ、車上の全員が別れの歌を合唱する』という意味の言葉を聞いたとき、僕は一瞬、不思議な懐かしさに出会ったような気がしたのを覚えている。

結局、僕たちはスケジュールを変更することなく、イエンバッハの駅前にある小奇麗で重厚なホテルに一泊し、念願だったマスのムニエルのディナーを味わい、翌朝、イタリアへと慌たしく出発した。

しかし、このとき老夫婦から聞いたサマータイム最終日のSLは、僕のうちにある奇妙な孤独感と共鳴し、帰国後もしばらくは脳裏にこびり付いて離れなかった。

娘に睨(にら)まれたとき、思いがけず僕の意識を占領したのは、かの老夫婦の話から、僕が自分なりに思い描いたツィラータールの夏の終宴だった。

旅行会社で、その年のサマータイム最終日を確認すると、僕はその日のツィラータール・バーンへの乗車を中心に前後二週間ほどの日程を組み、それに合わせてフランクフルトまでの往復航空券を手配した。

最初の一週間は、ツィラータール以外のチロル地方をゆっくりと散策し、後半の一週間はオーストリアとドイツの地方都市を巡りながら、フランクフルトまで戻ってくるというアバウトな日程だった。

旅の準備は、妻と仕事関係者以外には内緒で進めた。もし実家の親にでも話したものなら、猛反対の憂き目に遭うのは見えているし、僕自身、今回の旅が、良識で推し量れる範囲にないことも承知している。社会人、夫、子、親……さまざまな役柄の自分が、素顔の自分に対して、すでに猛反対を叫び続けている。そのせいか、「仕事に影響なければ構わないですよ」と言ってくれた取引先の良識ある人々の表情にさえ、生後四ヵ月の子供と妻を置いて旅に出る三十六歳のわがままへの非難を見てしまう。

出発当日、僕は、自分自身にしかわからない旅への必然性と、何も言わずに頷（うなず）いてくれた妻への深い感謝、そしてフレームザックいっぱいの荷物と、幾らかの『うしろめたさ』を抱え、「えいっ」とばかりに搭乗ゲートをくぐった。

三十六歳、父親という大役に対する、反逆の旅立ちだった。

正直なところ、サマータイム最終日のＳＬが、素顔の自分にどんな区切りを付けさせてくれるのかは定かでなかった。それ以前に、旅の間、あらゆる役どころを忘れた素顔の自分になりきれるだろうか？という不安さえある。そのせいか、飛行機が水平飛行に移り、緊張感が和らいだとき、最初に襲ってきたのは、ためらいと後悔が入りまじった、吐き気のような悪寒だった。

比較的安い運賃で利用できるアジア系航空会社の南回り航路は、台湾、香港、本国、中近東など、呆（あき）れるぐらいトランジットを繰り返し、日本とヨーロッパの距離を実感させてくれる。『もう飽きた』という泣きごとさえ、ずいぶん昔のことのように思えるほど、身体も精神も緩慢になってしまった頃、機体は最後の気力をふりしぼるように、早朝のフランクフルト空港へ着陸した。

痺れが消えない尻を気にしながら、乗客の流れにしたがってイミグレーションへと歩く。前に一度降りたことのある空港だから、多少の勝手はわかっている。イミグレーション(入国審査)を抜ければ、あとは預けたバゲッジを受け取り、フランクフルト中央駅行きの電車に乗ればよい。ほんの数十分後、自分はこの国の生活臭に同化し、さも当然といった表情で七時間遅れの時計を眺めているはずだった。しかし、バゲッジ用のベルトコンベアーで空しく周回を繰り返していた持ち主のない最後のスーツケースが、係員の手で脇に放り投げられたとき、僕は容易ならぬ事態から逃げられないことをはっきり悟った。預けた荷物、あのブルーのフレームザックがないのだ。

僕は機内持ち込みのディバッグからクレイムタッグを取り出し、慌てて近くの係員に詰め寄り、思いつくままの英語で事態を告げた。

「マイ　バゲッジ　イス　ミッシング!」

しかし係員は、僕の怒りと困惑に肩透かしを食らわせるように平然とクレイムタッグを受け取り、ベルトコンベアーに電光表示されている便名を確認すると「No problem（問題ない）」と二回繰り返し、僕を航空会社のオフィスへ誘導した。しかし、そこではバゲッジの中身と、届け先を確認しただけだった。英語もろくにできず、しかも泊まるホテルすら決まっていない自由な旅人には、いくら相手が誠意的であっても、フランクフルト空港の空間が薄ら寒く感じられる。

僕は、旅行前半のチロル散策を断念し、最終日のSLに間に合うぎりぎりまでフランクフルトの近くに留まり、航空会社の努力に期待をかけることにした。

幸い、パスポートや帰路の航空券、そしてお金とカメラなど、重要なものは機内持ち込みにしていたので、さしあたって動くのには困らない。それならば、前回の旅で行かれなかったフランクフルト周辺を見て歩こうと気持ちを奮い立たせた。

ヤケクソ気味の頭に浮かんだのは『古城街道』のバスツアーだった。

日本では、ドイツの街道を巡る定期観光バスツアーというと、すぐに『ロマンチック街道』が浮かぶ。これはヨーロッパの鉄道をフリーで乗れるユーレイルパスが使える観光バス路線として多くの日本人観光客が利用しているらしい。しかし二年前、新婚旅行を兼ねたヨーロッパ旅行を計画したとき、現地に詳しい友人が、それよりも良い観光バスツアーがあると教えてくれたのが、この古城街道のバスツアーだった。二年前は予定があわずに断念したが、古城街道とは、大学都市として知られるハイデルベルグと、日本人観光客に人気の城壁都市・ローテンブルグの約百五十キロ間を四時間ほどで結ぶ、ネッカー川に沿った街道の通称で、途中、さまざまな古城が見られるコースということである。

　まずはフランクフルトから鉄道を乗り継いでローテンブルグへ行き、そこで宿をとった。

　この町は二年前の旅行でも宿泊した場所だったので、事情がわかっており、気が楽だった。

　僕は前回と同じ宿を確保し、とりあえずバゲッジが発見されるまでに必要なものを用意しようと城壁の内部にある町へと繰り出した。『中世の宝石』と呼ばれるローテンブルグは、城壁に囲まれた小さなエリアに中世の建築がそのまま残る街である。レンガを敷き詰めた街路は、何百年という時の流れに磨かれ、素焼きの石畳の表面が底光りし、ところどころが荷馬車の轍の形に歪んでいる。通りには、数百年の歳月を経た漆喰壁の商店やホテルが並び、それぞれに趣向を凝らした鉄製の看板を誇らしげに掲げている。夕方にもかかわらず城壁内は人であふれていた。

　僕は、目についたスーパーマーケットで、当座の着替えや薄地の上着、洗面用具、そして、それらを入れる大きなディバッグを買って宿に戻った。

　ヨーロッパ最初の夜、四十時間あまりの南回り航空機の疲労に、バゲッジミッシングの精神的な疲労が重なり、僕は夕食もそこそこに眠りへ堕ちてしまった。

　翌朝、僕は九時三十分発の古城街道を巡るヨーロッパバスに乗った。乗客は少なく、席はたっぷり余裕があった。バスは、ヨーロッパの大地を感じさせる広大な麦畑の中や、田舎の道を快適に走り、途中、川沿いの古城や、森に囲まれた町などに停車する。

三回目に停車した小さな町では、『お祭り』の真っ最中だった。おそらく収穫祭だろう。村の開放的な広場では、ビールの樽を積んだ馬車がおり、その樽からビールが紙コップにたっぷりと注がれ、集まった人々に振る舞われている。

バスから降りた乗客も、荷馬車の周りの人だかりへと吸い寄せられていく。二十分ほどの停車で次の目的地へと出発した車内は、ビールの香りが立ち込めていた。

僕のふたつ後ろの座席に陣取った三人の若い女性のグループは、それぞれが両手にビールの紙コップを持ち込み、さながら宴会バスのように大はしゃぎをはじめている。その嬌声の凄まじさに、僕が思わず振り返ると、目が合ったブロンズ色のショートヘアの女が、口に泡をつけたまま手にしていた紙コップを僕に向かって差し出し、何かを叫びながら妖艶（ようえん）にウインクをした。

《こいつらとは、かかわり合いにならないほうがいいな》と思ったが、僕は思わず口元を緩め、笑顔を返してしまった。

《ああ、まったく自分は、情けないほど日本人だ》

やりきれない気持ちが心を占領する。

そのとき、通路を挟んだ隣の席に座っていた中年夫婦の夫が、彼女らのほうを振り向き、険しい表情で低くひとこと言った。たぶん『静かにしろ』と注意をしたのだろう。彼女らはシュンとして、お詫びらしい言葉を小声で言うと、それきり静かになってしまった。

女性グループが静かになったのを確認すると、その中年男性は、僕のほうを振り向き、親指で女性たちのほうを指しながら、笑顔で何かを言った。

『ああいう連中には、ビシッと言わないとね』

たぶんこんなことを言ったのだろう。

僕は「ヤー（はい）」と頷くしかない。頷きながら、異様に肥大した自己嫌悪感に顔を伏せた。

その日の夜、僕はその酔っ払い女性三人組と再び出会う羽目になった。

ハイデルベルグの旧市外に宿を取り、ドイツの庶民レストランである『ガストホフ』で夕食を食べて戻る途中、コンマルクト広場と呼ばれる場所に差しかかったとき、旧市外の背後にそびえる小山の中腹に、ライトアップされたハイデルベルグ城が浮き上がって見えた。僕はその美しさに息を飲み、広場の噴水脇の石階段に腰を下ろして、しばらく見とれていた。

そのときである。いきなり肩口から「ハ〜イ」と陽気な声をかけられた。驚いて振り返ると、バスで一緒だった若い女の三人組がこちらを見下（みお）ろしている。僕は不覚にも、反射的に「ハ〜イ」

と笑顔で応えてしまった。
三人組はビールの小瓶を手にしていた。バスのなかで僕にウインクしたショートヘアの女は、くわえタバコをふかしている。
《またビールを飲んでいるのか……》
僕はいささか辟易(へきえき)した。しかし三人組は、見知った人間への気安さか、僕を囲むように座り、酒臭い息と、たどたどしい英語で話しかけてきた。
僕が日本から来たことを告げると、彼女らは「オゥ　ヤパン」と言って喜び、それぞれが自己紹介した。驚いたことに、彼女らはフランクフルトから来た十五歳の少女だった。
《おいおい、その歳でビールを飲みまくり、くわえタバコかよ。こいつら不良だな》
そう思ったとき、僕の脇に座ったショートヘアが
「You, high–school student?」
《え？　なんだって？　ハイスクールだって。本当かよ？》
三人組は僕を『高校生』と勘違いしているらしい。
《そんなにガキっぽく見えるのか？　いくら童顔で、長髪で、汚れたジーパン姿に、ディバッグひとつの姿といっても、三十六歳の自分が高校生に間違えられるなんて。そうか、僕が同年配に見えたから、この娘(こ)たちは安心して近づいたのか》

しかし現金なもので、相手が十五歳とわかると、急に気持ちに余裕ができた。僕は彼女らよりちょっと優位な立場になってやろうと悪心を起こし、

「No, I am University student（いや、大学生だ）」

と応えた。すると今度は、向かいに座った赤毛の少女が、

「Not really（まさか）」

そこで僕はふと思いつき、胴巻きから免許証を取り出して彼女らの顔の前に示し、

「Student ID（学生証だ）」と言った。

《こいつらに日本の免許証の文字が読めるはずがない》

思惑（おもわく）通り、彼女たちはその免許証を学生証と信じたようだった。後ろめたさはあったが、旅の恥はかき捨て……と、僕はコンマルクト広場の石段で、とても十五歳には見えない肉感的な少女たちとしどけない格好で座り、小一時間ほど話しこんでしまった。

僕が日本のことを適当に誇張して話すと、彼女らは大喜びで話に乗ってくる。おそらく彼女らは学校をサボってフランクフルトの郊外旅と洒落込んでいるのだろうが、旅先でめぐり合った東洋人の『大学生』の男と、こんなコンタクトをしていることが楽しいのかもしれない。

しばらくしてビールがなくなると、彼女たちの一人が他の二人から金を集め、代表で近くのカフェまで買いに行こうとした。

僕はその彼女を止め、ポケットから十マルク札を取り出し、「プレゼントだよ」と手渡した。

《まったく、オジサンの下心が見え見えじゃあないか……》

僕は、また自分に嫌悪した。そして、その嫌悪を「気前のよさ」に昇華するため、それから一時間ほどの間に三回もビールを振る舞ってしまった。酔いが増すと、彼女らの笑い顔は、次第に体裁をなくし、下卑てくる。ちょっと小太りの肉感的な少女は、石畳の上にペッタリ尻をおろし、嬌声を上げてオーバーに笑った。脇に座ったショートヘアなどは、笑いながら僕にしなだれかかってくる。欧米人の体臭と香水、そこにアルコール臭がまじった、独特のにおいが僕の鼻を覆う。

ディナーの帰りらしい日本人の一群が横を通り過ぎる。豪勢なヨーロッパツアーの一群だろう。中年の女性が多い。脇を通り過ぎるとき僕らの様子を見たオバサンの間から、

「若い人たちは、自由でいいわねぇ」などという声が聞こえる。

僕はますます調子に乗って、それが正しいかどうかもわからずに、怪しげな英語を連発する。

やがて、ショートヘアが僕の肩にしなだれかかったまま動かなくなった。眠ってしまったようだ。他の二人の目線も焦点を失いはじめている。

《こりゃあ、ヤバイな》と思ったとき、不意に我が子の顔が脳裏に浮かんだ。あの夜、僕を睨んだ表情である。

《あと十数年後には、自分の娘もこんな歳になる。そのとき自分は、このように、こんな雰囲気のなかで、娘と笑いながら話せるだろうか？》

僕は、色っぽいショートヘアの少女の肩を軽く揺すり、

「Our party time is over. Please go back your Hotel.（パーティの時間は終わりだ。キミたちのホテルへ戻れよ）」

と言って起こした。

「Come with me……（一緒に来て……）」

ショートヘアの口から眠たげな声が洩れた。

《おいおい、冗談だろう？》

僕は意を決し、

「I am not your father（僕はキミの父親じゃあないよ）」

すると、その冗談が通じたものか、ショートヘアは緩慢に立ちあがり、しどけない格好のまま僕の手を握ると、

「ダンケ……サンキュウ……」

と言いながら顔を近づけた。その唇が頬に触れる瞬間、僕は娘の肩を誠実な気持ちで抱きしめた。それを見た他の二人も、同じように僕の両頬にキスをしてくれた。

「Good night（おやすみ）」

僕の言葉に手を上げて応えながら遠ざかる三人組は、ここで最初に会ったときよりずっとずっと幼く見えた。

こうして僕は、おそらく二度とないだろう夢物語の扉か、それとも地獄絵の入り口か、という陥穽（かんせい）に自ら蓋（ふた）をし、うしろ髪を引かれながらホテルに引きあげた。

その夜、ベッドに入った僕は、不思議と豊かな気持ちだった。ドイツ人の少女たちとの危なっかしいひとときを思い浮かべ、そこへ娘の顔を重ねてみる。すると、十数年後の、自分と娘の関係が、影絵のように浮かんでくるのである。

僕は、知らずに洩れてくる微笑に身を任せ、失せたバゲッジにちょっとだけ感謝した。

ハイデルベルグに拠点を置き、僕は翌日からマールブルグ、コブレンツ、ケルンなど列車で一、二時間内外の地方都市を巡った。毎日一度は航空会社へロスト・バゲッジの確認を入れた。しかし、九月二十一日の夕刻の確認でも、ロスト・バゲッジが発見された様子はなかった。

翌朝、僕はそれまでの微かな期待に別れを告げ、イエンバッハへの乗換駅であるミュンヘンに向け、ディバッグひとつの軽装で、朝七時四十四分発のインターシティーに乗車した。

金曜日だったが、予想に反して車内は空いていた。とくに僕の乗った一等車両はガラガラで、コンパートメントを独占する形になった。しかし、列車が動きはじめると、その空間の広さが恨めしく思えてきた。僕は、前の座席を引き寄せ、そこに足を投げ出してみたり、わざとしどけない格好でふんぞり返ったりしてみた。だが、なぜかこの空間を埋め切れないような気がしてならない。横の座席にぽつんとあるディバッグ同様、自分の存在がひどく小さく、頼りなく感じられたせいかもしれない。

ミュンヘンへの最後の停車駅であるアウグスブルグで、四人の家族連れがコンパートメントに乗りこんできた。週末を利用して行楽に出かけるのであろうか、両親は大きなスーツケースをさげ、小学生ぐらいの二人の女の子は、嬉しそうな様子だった。

僕が、横の座席にあったディバッグを自分の膝に移したとたん、父親が『ダンケ』と野太い声で会釈しながら、その席に大きな尻をドスンとのせてきた。

コンパートメントが急に華やかになった。僕とディバッグは、もはや小さく頼りないものではなく、『軽快なもの』に変わっていた。

ディバッグには、カメラと時刻表、そして入国した日にローテンブルグの市街で買った下着二枚と靴下二足とタオル一枚、そして洗面用具、あとは腹に巻いた貴重品袋のパスポートと金と帰りの航空券、僕にとって必要最小限のものが、いつの間にか必要十分条件になっている。

ロスト・バゲッジの当初は「天罰かもしれない」と自嘲もしたが、こうなってみると、失ったフレームザックの中身……替えのズボンや上着から寝間着用のジャージ、はては室内用のサンダルから整髪料まで……三十六歳という年齢が身に付けている無駄でいっぱいだったように思える。日本を発つときから背負い続けてきた『うしろめたさ』が、ようやくふっきれた気がした。《話ができすぎているな》と思わず心で呟いたとき、列車はミュンヘン中央駅に到着した。

オーストリアに向かう国際列車への乗り換えまで、二時間の余裕があった。

昼飯でも食おうと、僕はインフォメーションでもらった地図を頼りに、ミュンヘン市街の真中にあるカールス広場へ向かう大通りに出た。南ドイツの大例祭・オクトーバーフェストを目前に控えた市街のあちこちでは、一目で旅行者とわかる若者たちが、街路樹の木陰を占領している。九月下旬とは思えない強い光が、正午の鐘が鳴り響く街を、立体的に造形していた。

オーストリアを経てイタリアまで走る国際列車は、ミュンヘンまでのインターシティーよりも閑散としていた。コンパートメントは、またしても僕専用のものになってしまったが、その空間は、イエンバッハまで約二時間の列車の旅を楽しむには、ちょうどよい快適さだった。

ミュンヘンを出てしばらくすると、車窓には南ドイツの田園が広がる。この路線には二年前にも乗ったが、その記憶は虚ろで、流れ去る光景は新鮮だった。

発車後二十分ほどしたときである。コンパートメントの扉が億劫に開いた。すっかりその空間をひとり占めしていた僕は、不意をつかれ、身体じゅうの筋肉を強張らせた。

侵入者は、頭に鳥の巣のような白髪を乗せ、魔女のような鼻を持った老婆だった。そして深いしわの奥にある鳶色の瞳には、あきらかに抗議の意志が込められている。

「This is my seat（これは私の席です）」

老婆は、僕を指し、ひとつひとつの単語を押しつけるようにゆっくりと言った。

コンパートメントの扉にあるリザベーション（席予約）は確認してあった。扉にはなんの予約カードもなかったはずである。僕は、老婆の抗議が理解できずに戸惑ってしまった。すると老婆は、僕の頭上にある網棚を指し、今度は早口で何かをまくしたてると、まるで犬でも扱うように、手の甲で僕を追い払うしぐさをした。

真上の網棚を見ると、コンパートメントに入るときは気づかなかったが、回りの色に同化しそうなクリーム色の古いバッグがある。僕はようやく老婆の意図を悟り、「アイムソーリー」と慌てて向かいの席へ移った。

老婆は、その席に小さな身体を納めると、満足そうにタバコをふかしはじめた。

それにしても……盗難が多いと聞くヨーロッパの列車で、いくら一等車両とはいえ、発車後二十分余りもバッグを置いたまま席を空けるとは……あきれて老婆を見ると、その横顔には、安穏とした平和な空気が漂っている。僕は老婆にならってタバコに火をつけた。

「Where are you come from?（どこから来たの？）」

低い静かな声がタバコの煙の向こうから聞こえた。

その表情は、先ほどと比べ、驚くほど柔らかくなっている。僕が日本から来たことを告げると、彼女は「Japanese boy」とゆっくり前置きし、僕の取り出したマルボロを見ながら、「このタバコは、あなたのようなボーイにはヘビー過ぎる。こちらのライトなのを喫いなさい」という意味のことを言いながら、自分のタバコを勧めた。それは真っ赤なパッケージのカサブランカだった。

その優しい物言いに誘われ、僕は自分のタバコを揉み消し、カサブランカに火を付けた。それは、日本のライトなタバコを喫い馴れた僕にとって、懐かしい感触だった。

「僕はもう十五年タバコを喫っているが、これは一番うまいタバコです」

僕は若干のお世辞を込め、たどたどしい英語で返した。すると老婆は
「あなたはベビーの頃からタバコを喫っているのか？」

と、訝しげな表情をした。

「いや、僕はもう三十六歳です。僕がタバコを喫いはじめたのは二十歳からです」

「Oh excuse me!」

老婆は突然両手をオーバーに広げ、天を仰いだ。そして奇異なものでも見るように、僕の上

半身を鳶色の視線で舐め回しながら、早口で自らの誤解を語った。

　その話から察するに、彼女は、ハイデルベルグの三人組と同様に、僕のことをハイスクール（高校）の生徒と間違えていたらしい。

　しかし僕は、彼女の誤解が無性に嬉しかった。自分が子供扱いされたことで、自分の心の素顔がもう一度確かめられたような気がしたのであった。

　オーストリアへの国境駅であるKufstein駅を出ると、車窓の光が変わった。もうすぐチロルだという思いが、そう感じさせたのかもしれない。進行方向右手の、微かに雪を残す山脈と、教会の尖塔を抱いたレンガ色の寒村を照らす陽光には、うっすらとした翳があった。

　すっかりうちとけた老婆は、自らのことを語りながら、ときおり車窓の光景を僕に説明してくれる。

　その話を要約すると、彼女はイスラエルの人で、毎年この時期になると避暑のため、夏の間ヨーロッパに滞在するらしい。インスブルッグの郊外に気に入った村があり、毎年最後の二週間ほどを過ごすという。彼女はその話のなかで、日本のコンピュータ産業などを例にあげ、盛んに誉めた。しまいには、写真で見た日本の列車の美しさに比べ、このヨーロッパの列車は鉄の塊だとか、ゲルマンのイングリッシュより、日本人のイングリッシュの方が耳に心地好く響くとか、大変な親日家ぶりをうかがわせた。

それは多分、日本人である僕へのお世辞だったに違いないが、僕には、それに応える言葉がなかった。日本のすばらしさを否定する気はないが、二年前にこの地を訪れて以来、僕は、進歩を急がないヨーロッパの気質に、日本の『田舎』ですら失いかけている、大地と時間と人の誠実な関係を見る思いがしている。

列車にしても、さまざまな国のさまざまな民族が利用するヨーロッパの列車には（確かに外観的な色彩のスマートさはあまりないが）、多国の民族の感性を力強く包み込む、逞しい空間がある。それにくらべ、すべてが日本人という単一民族の尺度をもとにした日本の列車には、単一民族の甘えに乗じ、すべての面である種の妥協がある。ヨーロッパの列車が『公倍数』としたら、日本の列車は『公約数』だ、と僕は勝手に解釈していた。

しかし、そのときの僕には、イスラエルの老婆に、自らの思いを伝える語学力も時間もなかった。

午後三時三十分、列車はほぼ定刻通りイエンバッハに到着した。イスラエルの老婆は、立ち上がって僕の手を堅く握り、自国の言葉と英語の両方で別れのあいさつをした。思いのほか大きな手のひらと、その柔らかい感触がとても印象的だった。

午後の斜光を浴びた二年振りのイエンバッハは、期待通りの平和な表情で僕を迎えた。

平屋建ての小さな駅と、伝統的な建築様式のホテル、そのふたつ以外に何もない駅前広場では、ローカル色を丸出しにした旧式タクシーが数台、物憂げな表情で客を待っている。ホテルの背後に広がる小高い丘の木陰には、チロル独特の木造家屋が点在し、その背後には、青い雄大な山脈が頂を連ねている。

懐かしい、と言うより、年月の経過を感じさせない『あのときのままの今』が僕の目前に佇んでいた。

やって来た……という安心感と緊張感が、駅前ホテルのエントランスに立つ僕の身体の芯を駆け巡る。僕は思わず身震いをひとつすると、ガラス張りの重々しい観音扉に手を掛けた。しかし、その扉は開かなかった。

気を取り直してもう一度押してみてが、結果は同じだった。そのとき、後方で声がした。

「Closed!(閉店だ)」

振り返ると、中年のタクシードライバーが、両手で大きなバッテンをして叫んでいる。

そういえば、二階の広いベランダにあるホテルのカフェテラスには人影がない。目を凝らしてよく見ると、ガラス越しの薄暗い小さなロビーには『Closed』の看板表示が見えた。

僕にとって、イエンバッハの知識は、このホテル以外何もない。仕方がなく、そのタクシードライバーにつたない英語で他のホテルを尋ねると、彼はホテルの後方にある小高い丘を指し、

「この丘の向こうに街がある。歩けば十分、こいつなら一分だ」

と、流暢な英語で言いながら、汚れた車体を誇らしげにたたいた。僕はその申し出を辞退し、彼に教えられた道を歩きはじめた。

丘を迂回する長い坂道には、まばゆい斜光が降り注いでいた。

背中に汗を感じながらしばらく坂道をのぼっていくと、小さな丘と丘の谷あいを流れるせせらぎに沿って、田舎街が佇んでいる。驚いたことに、そこには人が溢れていた。しかも、それらは観光客ではなく、地元の労働者といった生活臭と快活さを発散している。僕のイメージを超越した新しいイエンバッハとの出会いだった。

街は、歩いてひとまわりしても二十分とかからない大きさだ。密集した家々の漆喰壁は、どれも古びてシミが浮いている。窓の木枠もペンキがはがれ、風雨に晒された木肌がささくれ立っている。苔が浮いて褪せた黒紅色の屋根の軒も、年月の重みにたわんでいる。僕は軽いショックを覚えながら川べりの道を歩き、『HOTEL』という慎ましい看板をさげた古いレストランに飛び込んだ。

ロビーもフロントも何もない。壁の土色をむき出しにした居酒屋風の食堂と、その厨房に囲まれた薄暗い通路がフロントの代わりらしい。夕食の時間にはまだ間があったが、食堂には活気が満ち、チーズとタバスコをまぜたような臭いが、アルコールの気配に乗って通路を流れて

いる。僕は、その活気と喧噪に向かって「エックスキューズミー！」を連呼した
不意に、厨房から太った中年の女が顔を出した。その宿の『女将』らしい。僕が二晩の宿泊を請うと、料金と朝食の説明を早口の英語で言い、「ＯＫ？」と豪快に笑いながら念を押し、質量感たっぷりの手のひらで僕の肩をポンとたたいた。

こうして僕は、戸惑いを脱し切れないまま、とにかく二晩の宿を確保した。

部屋は三階建ての最上階、傾いた螺旋階段を上り切った通路の一番奥だった。螺旋階段は薄暗く、湿気を含んだカーペットからは饐えた臭いが立ちのぼっている。案内してくれた三十歳前後のメイドは、電灯もつけずに快活な足取りで僕を先導する。不意にメイドの足元から奇怪な悲鳴があがった。身体を強張らせた僕の脇をかすめ、階下の薄闇に消えたのは、一匹の大きな黒猫だった。

案内された部屋にも、カビの臭いを含んだ生暖かい空気がよどんでいた。メイドが正面の壁の厚いカーテンを勢いよく引き、「Beautiful view（いい眺めよ）」と微笑みながら、観音開きの大窓を力まかせに押し明けた。窓枠の軋み音とともに、チロルの午後の風が吹き込み、部屋の淀んだ熱気を攪拌した。数キロ先のチロルの山塊まで、なんの遮蔽物もなく見渡せる。眼下にはせせらぎが流れている。丈夫そうな木でつくられた大きめのベッドと衣装入れ、重厚感あるテーブルと椅子、調度品はどれも年季が入っている。どうやら、この安ホテルでも一番上等

の部屋らしい。ただ、メイドが自慢げに指し示した部屋隅の簡易シャワーユニットだけが、この部屋に息づく年月の重みから浮いた、華奢（きゃしゃ）な存在感を誇示していた。

部屋で一服したあと、僕は街に出て、小さな広場の脇にあったスーパーで着替えの下着と靴下を買った。そして、部屋に戻ると、部屋の雰囲気とは不調和なシャワーを使った。

水道管を水が流れる気味悪い振動と共に、シャワーのノズルから水が噴出する。しばらく待って、水の温度があがってきたのを確かめ、素っ裸で半畳ほどのユニットへ飛び込んだ。しかし、お湯を背に当てているうちに、温度がみるみる下がりはじめ、やがて身を切るような水に変わってしまった。水道水のような生易（なまやさ）しい温度ではない。チロルの山中から湧き出た冷水だった。

僕は裸の身体にジーパンだけをはいて、階下の食堂まで下り、そこで年配の男たちと飲んだくれていた昼間のメイドを見つけ、苦情を言った。メイドは千鳥足で部屋まできたが、シャワーの栓をひねって水の出ることを確認すると「ＯＫ、ＯＫ」とひとりで頷くばかり。

お湯が出るようにならないのか？　と懸命の英語で懇願する僕を無視し、ドイツ語らしい言葉でニヤニヤしながら喋りまくった。

僕はメイドに向かって「It is too cold for me（冷たすぎる）」必死に訴えた。すると彼女は、はたとドイツ語を止め、「Young boy」と、さも可笑しそうに僕の背中を威勢よくたたいた。そして、「若者ならこれぐらいの水は我慢しなさい」という意味の言葉を残し、笑いながら部屋を出て行ってしまった。

そのあと、僕は大きな声で気合いを入れながら、冷水のシャワーに甘んじた。少しも腹は立たなかった。一日に二度も『子供扱い』されたことが、翌日のサマータイム最終日のＳＬへ乗車する僕の『みそぎ』になっていた。

シャワーのあと、窓枠にもたれ、せせらぎの音を聞いているうちに、可笑しさがこみあげてきた。二年前、妻と二人で訪れたイエンバッハは、駅前ホテルの重厚な部屋、それを取り囲む森の散歩道と季節の花に彩られた民家、優雅なカフェテラスに溢れる透明な陽射し、そのすべてがチロルという既成イメージに、なんの違和感もなくおさまっていた。

妻に、この状況をどう伝えればよいのだろう？　僕の心には、まるで子供が勢い込んで親に語るときのような、初々しい発見がある。それは、自分ひとりの素顔の体験だった。

翌朝、部屋の窓辺には温かい光が佇んでいた。階下からは、すでに朝食の賑わいが聞こえている。支度を調(ととの)えて一階の食堂に行くと、昨日のメイドが奥のテーブルから「シャワーはうまく使えたか」と声をかけてきた。あきれたことに、彼女は朝っぱらから労務者風の男とビールを飲んでいる。僕が席に着くと、メイドはいそいそと立ち上がり、籠に山盛りしたパンと数種のジャム、そしてコーヒーとミルクをテーブルに並べた。

「ビールはいかが?」

向かいの椅子に座った彼女は、いたずらっぽい目でビールを差し出した。

「ノーサンキュウ」

僕が答えると、彼女は屈託なく笑い、聞き取りにくい英語で語りかけてきた。

彼女はユーゴスラビア人であった。そして、この宿の泊まり客(食堂のあちこちで朝から酒を飲む年配の男たち)を指し、あれはハンガリー、あれはイタリアと、彼らの故郷を教えてくれた。泊まり客の大半は長期逗留の出稼ぎ労働者で、彼らは、サマータイムの最後日を祝っているという。

チロルの祭りは、もう始まっていた。

予定のSLは十時五十五分発だった。僕は発車時刻の三十分前に宿を出た。食堂の脇を通るとき、「ヘイ、ヤパン(日本の)ボーイ」と野太い声をかけられた。食堂の大テーブルで赤い顎髭(あごひげ)の大男が笑っている。

「Mayrhofen?(マイヤーホーヘンに行くのか?)」

「ヤー(はい)」

男はもう一度大声で笑い、僕に向かって親指をつきたてながら、大げさにウインクした。僕は同じ動作でそれに応え、薄暗い通路から戸外の光の中へ飛び出した。

坂道には樹木がくっきりと影を刻んでいた。足早に駆け下りると、駅舎の屋根越しに一条の黒煙が見える。ＳＬはもうスタンバイしていた。

駅舎が近づくにつれ、喚声がしだいに大きくなる。見るからに華奢で童話的な十両ほどの客車を従えたＳＬには、すでに多くの人が群がっていた。

カラフルな装いが、地味な朱色の客車を、花飾りのように彩っている。オープンデッキを占領した気の早いグループは、缶ビールの泡を飛ばして祝杯をあげている。黒光りする小さな機関車だけが、頑固な職人のように、後方の事態を超越し、悠然と黒煙を吹き上げていた。

ＳＬは定刻を少し遅れて出発した。

甲高い汽笛に続き、金属的な衝撃が客車を襲った瞬間、客車の至る所で喚声が爆発した。小さなＳＬは、その歓喜の号砲に励まされ、喘ぐように蒸気音を響かせながら、チロルの谷に向かって速力を上げていった。

僕が陣取った前から二両目のオープンデッキには、一組の中年夫婦と、柄の悪そうな四人の若者グループがいた。

このＳＬには、そこに乗り合わせたというだけで、国境や年齢を忘れさせてしまう魔力があるようだ。発車から十分もしないうちに、僕らは互いに名のりあい、ビールを酌み交わす仲になっていた。

夫婦はハーリーという名のドイツ人で、ドルトムンドから来ていた。若者グループは地元の人間だった。発車前から祝杯を重ねていた若者グループは、すでに相当酔っている。彼らは僕らに向かって、しきりにチロルの自慢をする。ドイツ語がわからない僕のために、ハーリー夫婦が危なっかしい英語で通訳してくれた。

SLは、時速三十キロぐらいの速度で、小高い丘の間をゆっくり走る。若者グループは、畑の農夫や踏切に並ぶ人々など、目についたすべての人に向かって、手にしたビールを振りこぼしながら、あきれるほどの大声であいさつを送る。驚いたことに、それを無視する人は誰もいない。仕事に勤しむ農夫でさえ、帽子を大きく振って応える。

回りの小高い丘は、やがて青い山脈へと変わった。

厳(いか)めしい顔をした車内検札が来て、客車内やデッキが一瞬静かになる。そのすぐあとに、民族衣装を着た車内販売の女の子がやって来る。彼女たちの笑顔と新しいアルコールに、客車は再び喚声を取リ戻す。

石炭の燃える懐かしいにおいが鼻腔を撫でていく。谷が深くなり、チロルの風が、少し涼しくなったように感じられた。

それまで、若者グループの話を聞くだけだったハーリー夫婦の夫が話しかけてきた。彼は、頭のなかで英語の辞書をひくように、一語ずつゆっくり喋った。

彼らは毎年、サマータイム最終日のＳＬに乗るため、わざわざこの時期に休暇を取るのだという。そのあと彼は、日本について知っていることや、自分の住むドルトムンドの街の様子などをたっぷり語り、最後は、脇で大騒ぎしている若者グループをちらっと窺い、

「チロルの若者はうるさくていけない」と冗談ぽく笑った。

そのＭｒ．ハーリーも、ツィラータール・バーン唯一の途中停車駅である『Zell・am・ziller』に着く頃はかなり酩酊し、誰彼構わずにビールをふるまっていた。

この駅は、途中駅というより、マイヤーホーヘンのすぐ手前にあたる駅で、終点のマイヤーホーヘン駅まで、わずか五、六キロの位置にある。人々のはやる気持ちとは裏腹に、ＳＬはゆっくりと終着駅に向けてレールを軋ませた。


マイヤーホーヘンの村は、山脈と山脈の合わさり目、傾斜のきつい山肌に囲まれた偏狭な空間に潜んでいた。乗客は、村の入り口付近にある駅で吐き出される。そして、そこから二百メートル程のところにある村の中心部へと、思い思いに歩いて行く。

僕は、若者グループとハーリー夫婦に別れを告げ、人波の先頭をきって歩きはじめた。

村の中心部には、ゆるい勾配をもった一本の道がうねっている。その道に沿って、ペンション、レストラン、カフェテラス、土産物店などが、慎ましく軒を並べている。

目についたハンバーガー屋でホットドッグとコーラを買っていると、遠くからカウベルの音が聞こえた。しばらくすると、牛飼いの家族に先導された数十頭の牛の群れが道路を埋めつくした。首にカウベルをつけた牛たちは、よだれや糞尿をたれ流しながら村の中心部を通り抜ける。そのあとには、唖然とする観光客の表情と、チロルらしい臭気が残った。

十五、六分も歩けば、観光客用の店は姿を消す。

窓辺に虫除け用の花を咲き巡らせたチロルの木造民家が、渓流沿いの冷気のなかに、ひっそりと佇んでいる。背後の斜面では、トウモロコシや牧草の畑が、翳りを含んだ秋の陽光を浴びて安穏と輝いていた。

観光客の喧噪も、ここまでは届かない。自分の息づかいが煩わしくなるほど、静かな午後だった。その静寂さには、短い夏を惜しむように咲き競う、艶やかな彩りがあった。

僕は、小さな橋の欄干(らんかん)にもたれ、自分の頼りなさと逞しさを同時に感じながら、ホットドッグをほおばった。ほおばりながら、ふと、このままの自分を、日本まで連れて帰れるだろうかと考えた。もし帰れるとしたら、この先、自分の娘と、永遠に素顔のままで付き合えそうな気がした。

ＳＬの運行は、この日を最後に、翌年のサマータイム開始の五月まで半年間は運休となる。

今日が、夏を夏として心から堪能できる最終日とあって、マイヤーホーヘンの街には、去り行く夏を謳歌する宴(うたげ)の空気が流れていた。

街の素朴なメインストリートや、大木が整然とあるだけの緑地公園では、さまざまな催しが行われていた。年老いた農夫たちが車座になって何かのゲームに熱中している。ストリートの辻では、大道芸に人垣ができている。広大な緑地公園からは派手な生バンドの音楽が響き、家族連れや若者たちが集まっている。

僕は、駅に一番近い辻で行われていた大道芸に足を止めた。他の大道芸にくらべ、観客が少なかった。欧米人の体臭を気にせずに見られる気安さもあったが、それよりも、僕の興味を誘ったのは、二人の幼い少女の表情だった。

それは、五、六歳と思われる二人の少女のダンスだった。うしろに座っている両親らしいカップルがギターを奏でる。その激しいリズムにのって、悩ましげに身体を動かし、細い手足をくねらせる踊りだった。

幼女とは思えない色香が漂うダンス……二人の幼女も、後の両親も、チロルの祭りには似つかわしくないほど、着ている服は年季が入っている。

《これが、ジプシーと言われる人なのだろうか?》

少女たちの、色の褪せたワンピースのスカートと、身に着けた派手なネックレスやブレスレッドなどとの奇妙な取り合わせが、妙に淋しかった。

ダンスは間断なく続く。激しく、悩ましく動く身体、観客を一切気にすることなく、あらぬ方向に蠱惑的な視線をはべらす表情……それは、『女』を徹底的にプログラムされたロボットのようだった。

見ているうちに、ある考えが僕の脳裏を占領した。

《この少女たちは、踊りが終わったあと、普通の少女に戻るのだろうか？》

すると、目前の少女たちが、自分の娘の概念と重なって、やりきれなかった。

《今は性別すら虚ろな、乳臭いだけの娘も、数年後には……いや十数年後には、この少女たちがふりまく性を、自然に発散するようになるだろう。そのとき自分は、男性でも、大人でもなく、『父親』という異臭を放つ不可思議な存在になってしまうのだろうか……》

やがてギターの音が止み、少女たちの動きが止まった。

まばらな観客の拍手に応える様子も見せず、少女たちは両親の脇にヒザを抱え、身体をもたれさせた。薄っすらと目を閉じたその表情には、踊っていたときには想像もできなかった、安堵がにじんでいる。親の体温を確かめるように、うっとり目を閉じた少女たちの姿を見ているうちに、奇妙な自信が湧きあがってきた。

《自分の一部でありながら自分ではなく、異性でありながら男性ではなく、大人でありながら

子供との壁がない……う～ん、そうか》
自分が、自分に対して、とても優しく、そして厳しく対峙(たいじ)しているのが分かった。
僕は、少女たちの前に置かれた『木戸銭入れ』の木箱に、お礼のつもりで少額の紙幣を入れた。
それを見た男親が、伸びた髪と髭の間から一瞬こちらに視線を投げ、「Ｏｈ……」と低い声を発した。

マイヤーホーヘン発十七時三十分のＳＬは、サマータイム最終日、それもＳＬ運行の最終便だというのに、イエンバッハへの到着時刻が遅いせいか、来たときよりも乗客は少なかった。

僕は、駅前でハーリー夫婦と再び出会い、帰りも同じオープンデッキへ立った。中程の客車には、アコーディオンやバイオリンなどを持った民族衣装の小楽団が乗り込み、チロルの民族音楽を奏でている。帰路というせいだろうか、その陽気なメロディーに合わせて腕や足でリズムを取る乗客の表情には、心なし疲労の色が漂っている。

不思議な気だるさを乗せたＳＬは、斜めの光を浴びて億劫に走りはじめた。

『Zell·am·ziller』の駅では、地元民らしい二十人程の人々が、喚声とともにサマータイム最終運行のＳＬを迎えた。それまで沈黙していた乗客は、急に色めき立ち、窓から手や顔を出して、地元の一団に応えた。

乗客のひとりが、ビール瓶を高々と差し出し、駅舎の脇で屋根の修繕をしていた老父に向かって、何かを叫ぶ。すると老父は脚立をおり、足元からビール瓶の詰まったケースを自慢気に掲げ、何かを言って返す。客車が大爆笑に包まれる。

「おーい、もう仕事なんかやめて、いっぱいやろうぜ！」

「とっくに始めてるよ！」

こんなやり取りがあったのかもしれない。

ＳＬが動きはじめると、地元の人々はいっせいに叫びはじめた。

「Wiedersehen!（さようなら）」

何度も何度も手を振りながら叫ぶ。

「Wiedersehen!」「Wiedersehen!」

サマータイム最終日のＳＬが連れ去ってしまう短い夏との別れを惜しむように……そして乗客も皆、手やハンカチを振りながら、同じ言葉で応える。

「Wiedersehen!」

その情景に刺激され、僕もその日一番の大声を張り上げる。

「ヴィーダーゼーエン！」

裡（うち）に巣くった『焦り』への決別だった。

『Zell・am・ziller』の駅が彼方に消え去ると、客車を挟んだ反対側のオープンデッキに陣取った一群の間から、厳かな歌声がはじまった。そしてそれは次第に客車のなかに連鎖し、大合唱となった。僕にはその歌の意味がわからない。しかしその歌がどんな歌なのかは、このSLの不思議な魔力が教えていた。

大合唱が薄暮のなかに消え入るころ、今度はMr.ハーリーが小さな声で何かを歌いはじめた。一節歌い終わると照れ臭そうに僕を振り返り、

「私の好きな歌でね、『夏とともに私の恋が終わってしまった』という歌さ」

という意味のことを言った。

彼はアルコールの臭いを身体じゅうから発散させ、一節歌い終わるたびに泣き笑いの表情でその歌詞を僕に説明する。その声は一節ごとに大きくなり、やがて彼はデッキの手すりにうずくまってしまった。ハーリー夫人が慌てて夫を庇いながら
「Do not worry……He is blind drunk……（心配ありません。飲みすぎたのです）」

彼よりたどたどしい英語で弁解した。

イエンバッハの駅は、霧のような夕闇に包まれていた。多くの乗客は、そこでインスブルックに向かう列車を待つ。ハーリー夫婦の宿もインスブルックだった。

僕は、ハーリー夫人と、その肩にもたれかかったMr.ハーリーに別れを告げ、まばらな人

とともに駅前広場へ出た。

全身が快い虚脱感に包まれていた。


薄闇に沈む宿でも、夏の終わりを惜しむ『祭り』が僕を待っていた。

食堂には国際色豊かな労働者が集まり、アルコールの匂いと喧騒を撒き散らしていた。通路から呆然と食堂をのぞいた僕を、ユーゴスラビアのメイドが目ざとく見つけ、

「ヤパン、ボーイ!」

と嬌声を発した。彼女の真っ白い頬や目のまわりは、ほんのり紅潮している。相当にアルコールが入っているようだ。メイドの声で、食堂に屯す十数人の男たちの目が僕に注がれた。

「Come here boy!」

メイドの向かいに居た赤い顎髭の男が、野太い声で叫んだ。その声に刺激され、食堂のいたるところから、

「Come! Come!」

というコールが、笑い声とともに起こった。

その勢いに気圧されていると、不意にメイドが椅子から立ち上がり、僕の腕を強引につかんで食堂へと引っ張り込み、自分がいた大テーブルの席に座らせた。そして、大笑いしているむ

くつけき男たちに、早口で何かを言うと、僕にウインクしてビールの小瓶を差し出した。

『だめよ、この日本人はまだ子供なんだから、あんまり脅かしちゃいけないわよ』

おそらく、そんなことを言ったのかもしれない。

自分への誤解も、その場の雰囲気も、メイドの茶目っ気も、すべてが素直に受け入れられる心境だった。僕はビールの小瓶を、食堂中の人にぐるっと掲げた。そして、

「サンキュウ、ダンケ、メルシー、グラッチェ……ありがとう」

と、思いつく限りの言語で礼を言い、一口飲んだ。

笑い声とともに疎らな拍手が湧く。メイドは、大テーブルに盛られたさまざまな料理を適当に小皿へ盛って、僕の前に置いた。

慌てて財布を取り出して、お金を出そうとすると、また、どっと笑い声が起きる。メイドは笑いながら僕の面前で人差し指を振り、まるで子供を叱るように「チ・チ・チ」と舌を鳴らした。そして、その人差し指を自らの紅潮した左頬にトントンと当てながら、顔を近づけた。

僕は戸惑いながらも、その頬に軽くキスをした。ふたたび大喝采が湧きあがる。

酩酊した赤い顎鬚（あごひげ）の大男が、

「How old?（何歳だ?）」

と野太い声で聞いてくる。

「エイティーン、イヤーズ（十八歳）」

そんな答えが不思議と素直に口をついた。嘘をつく気持ちも、その場に迎合する意図もなかった。そのとき僕は、確かにその年齢の意識に帰っていたのである。

「Do you have some lover?（恋人はいるのか？）」

ひどい英語であるが、僕にはよく理解できた。

「ノー……」

そう答えた瞬間、隣のメイドが僕を抱きしめて頬を摺り寄せ、酒臭い息で何かを言った。

その座興に、どっと食堂が盛りあがる。

『私がなってあげるわ！』

と、こんなことを言ったのかもしれない。

それから一時間ほど、東洋の『少年』は、長逗留の出稼ぎ労働者のオモチャと化した。僕は十八歳の意識のまま、怪しい英語で喋りまくり、たらふくディナーをご馳走になった。そして、その場から開放されたとき、僕は、疲労と満腹感とビールの小瓶二本の酔いで、半ば朦朧とした状態だった。

部屋に戻り、冷水のシャワーを浴び、ベッドに横になると、僕は奇妙な心地良さに包まれた。

《娘よ、パパは、決して無理して君のオヤジにはならない。パパは、おそらく君を、命に代えてもいいほど、愛するかもしれない。でも、それは君の知ったことではない。パパの父親としての自覚も、君はまったく考えなくていい。パパは、君を一番理解する、大の親友になりたいと思う……そうなれたら、いいね》

僕は脳裏に浮かぶ娘に、なんの屈託も衒いもなく、語りかけていた。

階下から、夏が終わる祭りの喧騒が、虚ろに響いてくる。

高い天井、重厚な窓、大きいベッド、そして、部屋に漂うにおい……嫌でも異国を感じずにはいられない空間に、自分一人がいる。三十六歳の男が纏う、多くの『無駄』を剥ぎ取った、裸の自分だった。

翌朝、僕は六時前に目覚めてしまった。

毛布からはみ出た手足が冷めている。せせらぎの水音がやけに大きく聞こえ、カーテン越しの微かな明るみに、張りつめた『秋』が潜んでいた。

朝食時の七時半になったのを確かめて、階下に降りて行った。しかし食堂に人影はない。白々しい静寂が、饐えた土の臭いとともに、薄汚れた通路に漂っている。

「Guten morgen（グーテンモルゲン＝おはよう）」

不意に厨房の奥から眠たげな声がした。目を凝らして見ると、宿の太った女将が、しどけない格好で椅子にもたれている。彼女は暫くのあいだ怪訝な目で僕の戸惑いを見ていたが、やがて膝を叩いて立ち上がった。そして、さも可笑しそうに、いそいそと食堂の壁掛け時計に歩み寄り、肥えた身体を精一杯伸ばし、太い指先で乱暴に長針を一時間戻した。

「Winter time!」

彼女はかみ締めるように笑った。僕も負けずに笑い返した。

二人の笑い声が、重々しい土の通路に響き渡った。

「Where do you intend to go today? Innsbruck? Salzburg?（きょうはどこへ行くの。インスブルックかい、ザレツブルグかい？）」

女将（おかみ）がたどたどしい英語で聞く。

「No, I intend to go back to my home!（いいえ、自分の家に帰ります！）」

帰りの便まで、まだ一週間もある。

しかし、そのとき僕は、自分の素直な気持ちが向かっているところを、誇らしく伝えた。

《了》

父の章　第二話

空蝉（うつせみ）

堤防の斜面に群れたススキの間をぬって川原に下り、瀬際の石に腰を下すと、溜（た）め息が漏（も）れた。

残暑に蒸された夕刻の川原には、生臭い淡水の臭いと、草いきれが満ちている。信濃の山並みが盆地を囲むように四方を覆（おお）い、その稜線まで傾いた八月下旬の陽光には、まだ真夏の夢から醒めきれない熱さがあった。その熱を映す水面の輝（かがや）きが、私の目頭を疼（うず）かせる。それでも、群生したススキの間からは、秋の虫の音が、ひっそりと夏を追い立てていた。

子供の頃、近所の悪童と遊び回った懐かしい川原で、陽盛りを過ぎた夕刻を送るのが、三週間前に東京から郷里へ戻ってからの日課になってしまった。

明け方、薄明とともに襲ってくる不安のなかでまどろむ日々が続いている。そして目覚めは、午後の重い陽射しのなかで、弛緩した自嘲を連れてやってくる。

こうしている間にも、綾香のお腹に宿った子は、容赦なく成長しているだろう。私と綾香の、子供や生活に対する必然性には、行き着けないほどの隔たりがあった。

綾香は私より四歳年上の二十八歳である。しかし問題なのは、互いの年齢差に起因する精神の成熟度だけではない。たしかに、彼女が発散する『大人』を痛感することは度々ある。しかし、子供に対する互いの必然性の溝を拡げている最大の要因は、それぞれの現実的な状況の違いだった。

私は、年が明けた一月に、新卒入社から二年間勤めた会社から急に退職勧告を受け、四月からは流浪の身に甘んじている。世間では、この種の人材を第二新卒などと呼び、重宝されていると聞くが、どうやら、それは技術職など専門分野の話のようだ。低迷する経済界に吹く雇用の風は、文学部出身で広告営業の真似事をした程度の退職者へは、思いのほか冷たかった。四月からの就職活動は、多少の高望みはあったにせよ、思うにまかせず、わずかの退職金も底をつきかけた七月、私は、わずかな光明を見つけた。それは、文学部時代の友人のひとりが、フリーのライターになったという話を風聞したのが契機だった。

私は、高校生のとき、『文章を書いて生きていきたい』などと、焦点の定まらぬ思いを抱いて文学部を選んだ。その具体的な方法が見つからぬまま四年間が流れた。その間、私は大勢に流され、世に知られた有名企業への就職しか見えなくなっていた。

私は、受験戦争を勝ち抜き、そこそこ上位の大学から、そこそこブランド感のある中堅の広告代理店へと、流れに乗った自分を省みることもなく、その安心感だけを頼りに社会へ出て、企業人としての二年間を過ごしてきた。

社会人になった年、その晴れがましい浮かれも醒めぬ六月、学生時代の仲間と飲む機会があり、その席で、就職を拒絶したライター志望の友人と話す機会があった。私は開口一番、

「就職して、仕事をしながらでも、文章の勉強はできるんじゃないか?」

素直な思いだった。その頃の私には、そこそこの企業に身を置いた、心と経済的なのゆとりがあった。

「それもひとつの方法だろうね。でも、甘いな」

友人の言葉はトゲをはらんでいた。

「どうして?」

「おまえは何のために就職したんだ? 生活費を得るためだけなら、アルバイトでもいいじゃないか」

「不安定な精神は、堅実な道を誤らせるんじゃないかな」

「それも違う。確かに生活は不安定だけど、俺の精神は不安定じゃない。もしお前が、本当にそんな気でいるんなら、未来は危ういね」

「未来を危うくしないために、就職したんじゃないか」

「いや、終身雇用や年功序列の世の中なら、多少の安定はあったかもしれないけど、今やどこの企業も実力主義だ。広告代理店へ勤めながら勉強だなんて二兎を追えるほど余裕はないはずだよ。営業マンやディレクターとして生き残るのなら、モノ書きとしての道は忘れ、徹底してその方面の能力を磨き、実績を積むほうが賢明だよ」

そのとき、私は冷静に思考する力を失っていたのだと思う。乾杯から重ねたビールのせいではなく、広告業界という一見華やかな舞台に足を踏み入れた自分に、酔っていたに違いない。私は、その酔いに任せて言った。

「社会人として生きるためには、生活力も必要さ。そのベースがあってこそ、社会を冷静に見る余裕があるんじゃないかな?」

すると彼は、ニヤッと笑った。

「生きるって言葉から社会人という言葉を外してみなよ。おまえは堅実過ぎるんだ。その堅実さは、いずれ実力社会の仇になるぜ。おまえみたいな真面目で優しいヤツが、競争時代のワリを食うのさ。純粋に生きることを考えれば、企業の看板なんて幻だ。自分自身の看板は何かって考えなけりゃ、勤めていようがいまいが、生き方なんて永久に分かるはずないさ」

私には返す言葉がなかった。彼の考えに屈服（くっぷく）したわけではなかったが、生き方を追求するには、あまりに社会のフレッシュマンでありすぎたせいかもしれない。そのとき、私の心を占領していた優越感と幸福感が、勤めを拒絶した友人への憐（あわれ）みや、その考えへの反論を慎むゆとりになっていたのを覚えている。

それから二年、久しぶりに連絡があった大学時代の仲間から、その友人がフリーのライターとして、一般のサラリーマンが羨むような生活を送っていると聞いたとき、先の見えないジレンマのなかに、燭光（しょっこう）を見たような気がしたのであった。

広告代理店に勤めていたため、フリーランスのコピーライター（広告文案家）との接触が多かった。そのおかげで、コピーライターの文章の機微のようのものは、おおよそ察していた。まずは、コピーライター養成のための民間講座を受け、修了後は広告代理店時代のツテを頼り、広告制作会社の嘱託になり、実績を重ねればいい。二年もあれば、フリーランスのコピーライターとして生計をたてていけるだろう。それまでは、アルバイトで講座の受講料や生活費を賄（まかな）えば、何とかやっていけそうに思えた。

いわばリセットだった。企業へ勤めることが社会人への一歩だと、疑いもせずに未来を夢想した大学生活と、その後の社会人生活、合わせて六年間におよぶ人生のリセットだった。

よし、これで踏ん切りがついた、と勢い込んで、警備会社の夜間警備のアルバイト口を決め、コピーライター養成講座の資料を取り寄せた七月下旬、私は、付き合っていた綾香（あやか）から妊娠を告げられた。

「私、産むわ」

綾香は、最初から毅然（きぜん）としていた。

「オレには、まだ結婚なんて考えられないし、こんな状態じゃあ、養っていけないよ」

「結婚しなくてもいい。でも、認知だけはして。それに少しは貯金もあるし、何とかなる」

綾香は、私が広告代理店に入社した七月、派遣社員として営業補佐についた。

短大を出て小さな商社に勤めたが、社風になじめずに退社し、その年から派遣会社に登録したという。年齢は四歳離れていたが、私とは妙に気が合った。彼女は九州の生まれで、三人姉妹の末っ子だという。もともと自立心が旺盛だったためか、それとも浮気性の父親に愛想を尽かせたせいか、実家とは音信不通の状態だった。出逢いから二ヵ月もしないうちに、私たちは深く付き合う仲になっていた。

彼女は、私が再就職に奔走（ほんそう）しているときでさえ、私の深刻さを意に介さないほど磊落（らいらく）な性格である。もちろん、私も彼女との結婚を考えないわけではなかった。ただ、その必然性が、一番悪い時期に、あらゆる段階を省略して突然やって来たのだ。正業も金もなく、数年後の夢に賭けてリセットしたばかりの私には、すべての目論見を御破算にする楔だった。

彼女は、私の困惑を見て、

「今のあなたに経済的な負担をかけようなんて思わないわ。だから、割り切って認知だけして……子供に、父親の存在だけはハッキリさせておきたいから」

彼女の性格からすれば、その言葉どおり、私に育児を強要することも養育費を要求することもないだろう。しかし私の倫理感が、子供から目を背けて己のリセットを貫くことを拒絶している。

「君との結婚は真剣に考えているよ。でも、いまはそんな状況じゃない。もう少し時間をくれないか？」

ようやくの思いで言った言葉にも、彼女はまったくためらうことなく、

「結婚なんて気にしなくていいの。私は子供が欲しいのよ」

「それを黙って見ていられるほど、オレは無神経じゃないよ」

「だから、認知だけしてくれればいいのよ」

彼女の決意は動かなかった。シングルマザーという言葉は、私も聞いてはいたが、彼女はまさに、それになろうとしている。

「でも、子供がかわいそうじゃないか」

「そうかなぁ」

「それじゃあ君は、父親なんて必要ないって思うの？」

「だって、父親のいない子だってたくさんいるじゃない」

「そんなこと言ったって……」

私が反論しようとすると、彼女は首を小さく振ってそれを制し、

「あなたも意外と因習に縛られた考え方をするのね。私は、両親がそろっていれば子供は幸せだ、なんて思わない」

そのあと彼女は小さく吐息し、

「考えてみれば動物だって、オスが子育てする種は数えるほどしかないのよね。でも、それはすべて種の保存するための安全確保の本能よ。いまの人間の社会は、母親一人でも子供を育てられる環境があるじゃない」

「でも、子供はペットじゃあないんだから……君の必要性だけで産むのは間違っていると思うんだけど……」

「じゃあ、どんな必要性ならいいの？」

不意に私を凝視した鋭い視線が、言葉を奪った。私はそれに答えるだけの論理的な考えを持

ち合わせていない。もし客観論として自分の倫理感を平和に着地させられる場所があったとすれば、それは、綾香と結婚し、何のためらいもなく愛の結晶と子を育む父親になることだった。しかし、そうなることを自身の夢が拒んでいた。

最近、メスだけでも繁殖が可能だという研究結果が学会で報告され、話題となっている。もちろん動物実験レベルでのことではあるが、妊娠してからの彼女を見ていると、精神的には、メスだけで子育てをする意識を、すでに人類は獲得しているのかもしれない、と疑いたくもなる。しかし私は、『結婚はどうでもいいけど、子供は欲しい』という彼女の意識の底に、両親の夫婦関係への絶望感で育まれた、妻というポジションへの恐れのようなものを見てしまう。

「君は、結婚ってものに絶望しているんじゃないか？」

私が意を決して問うと、

「逆に聞きたいんだけど、あなたは結婚にどんな意味や希望を感じてる？」

と切りかえされる。

こんな押し問答があってからの数日間、私は呆然と過ごした。

頭の中では、自分の夢と倫理感が、壮絶で不毛な戦いをくりかえしていた。その勝者なき戦いの末路には、決まって救いようがないニヒリズムが待ち構えている。

生きることは、こんなにも不自由で、重荷だらけで、みっともない……私は、うわ言のような自嘲を、疲労した心で呟き続けた。

生きることへの倦怠感のようなものが、心へ滓のように溜まっていく。その沈殿の深ささえ曖昧になり、あらゆる思考が行き惑いはじめたとき、不意に浮かんだのは、子供の頃、毎日のように遊んだ川原の光景だった。

その光景の中に帰りたい……と、ただそれだけの思いで私は故郷に逃げ帰った。

石の温もりが尻に伝わってくる。堤防の背後にあるアカシアの林からは、たえず葉擦れの音が聞こえ、それが、肌に虚ろな夕風を教えている。虫の音、瀬の音、それら全てが幼い頃の記憶と重なり、不思議な豊かさで私を包む。

やりきれないのは光だった。

赤銅色の斜陽を反射する晩夏の瀬の眩さは、私の心に日焼け跡の疼きにも似た苛立ちを呼び覚ます。そんな時、私は幼い頃の自分を思い出す。この河原で過ごした真夏の夢のような記憶だけが、豊かなものへの手がかりになりそうな気がしたのである。

幼い日の孤独感には、不思議な広がりがあった。自分の淋しさを、しっかりと抱擁してくれる何かがあり、それはそのまま心の豊かさにつながっていたように思う。遊び呆けた夕刻、しびれるように疲労した身体を草むらに投げ出したとき、肺を満たした草いきれ……河原にいるとき、私は、ほんの少しだけ、豊かなものに触れた気がするのである。

目を閉じると、自然の音と匂いの世界がある。遥か昔からここに在り続ける優しい生命感にあふれた世界だった。その生命感が、私の心に巣くった行き惑いや倦怠感を、すっぽりと包み込んで溶解してくれる。この世界に浸っている瞬間、私は、中学から高校、大学、社会人と、受験戦争の中で廃棄しかけていた、脆弱で豊かな、自分の真実を取り戻したような気がするのだった。

しかしその日、自分だけの世界に、闖入者（ちんにゅう）があった。

その女は、ススキをかき分けて来た。

河原とススキの原の境目近くまで来て、私の姿に気づき、追っ手に出くわした罪人のように、竦（すく）んでしまった。

《タカだ……》私は、怯える女を見て思った。

タカコか、タカエか、本当の名は知らないが、幼い頃、近所の仲間を真似て、そう呼んでいた。私より五、六歳年上で、小学生の頃は、何回か一緒に遊んだ覚えもある。

タカは、精神薄弱の障害があり、幼年のまま知能が停滞している。私がそれを知ったのは、中学生になってからである。その頃、近所からタカの姿が見えなくなり、施設へ行ったという噂が悪童たちの間に流れたのである。

タカを見かけなくなってから十年以上が過ぎている。もう三十歳になっているはずだ。しかし私は瞬時に、その女がタカであると分かった。クリッとした眼、ちょっと上を向いた鼻、締まりはないが、妙に優しげな表情を醸し出す厚目の唇……むしろ、十数年の経過が嘘のように、タカは変わっていなかった。

《そういえば、タカの家はこの河原の近くだったな》

当時の記憶が脳裏に蘇る。たしか祖母との二人暮らしで、その祖母も、片足が不自由で働けないため、生活保護を受けている貧しい家だった。

私の存在に驚いたタカは、踵を返して堤を駆け上がり、その背後へと消えてしまった。

正面から見たときは気づかなかったが、タカは人形らしきもの背にしている。幅の広い紐をたすき掛けにして、背にくくりつけたといった感じだった。

私が唖然としてその方角を見ていると、しばらくして、再びタカの姿が堤の上に現れた。そして、堤の斜面に群れたススキの原をくだりかけたが、そこで足を止め、先ほどと同じように、こちらを窺っている。

私は思わず、タカに向かって微笑んだ。

小学生の頃、この川原で遊んだ記憶の実体に触れたような、そんな親しみが、自然にあふれたのだった。タカはそれに応えるように、にっと笑みを浮かべた。

よく見るとタカは妙な身なりをしている。色あせた紺のシャツと、ヒザの当たりで切れたような半ズボンの姿で、そのどちらも身に合わず、だぶついている。たすき掛けにした紐がシャツの布地を締め、余った部分がみっともなく膨らんでいる。

私が目をそらし、しばらくして振り向くと、タカはまったく同じ姿勢で、ススキの間から私を窺っている。私はまた微笑んでみせる。タカの表情に笑みが浮かぶ。そんなことを何度かくりかえしているうちに、暮なずみ色が訪れ、風がひとしきり川原をなめていった。

私が家に帰ろうと腰を上げたとき、タカは不意に奇声を発し、慌てて堤防の土手を駆け上がり、消えてしまった。私は、何か不思議なものを見たような気がして、タカが消えたアカシアの林の辺りを呆然と眺めた。アカシアの林は、その茂みに消えた女の残像を追う私を嘲笑するように、取り留めのない葉擦れの音を響かせていた。

帰省してから、私はなるべく他人に会わないようにしていた。しかし、田舎の小さな町では、あらゆる空間に、住人の目と好奇心が行き届いている。

最初のうちは、私の言葉を信じ、休暇で帰って来たと喜んでいた両親も、二週間を過ぎた頃から訝りはじめ、近所と同様に、私がリストラの憂き目にあって戻ってきたと疑りはじめていた。

とくに母親などは、私の無気力な生活ぶりを見て、息子が悪事でも働いて逃げてきたか、そうでなければ、昨今流行っている鬱病にでもかかっているものと、なかば決めつけている。

「まあ、何でお前は、そんな風になったの?」と母親は嘆く。父親が勤めに出て不在のとき、それはさらに激しくなる。嘆きながら涙を浮かべ、「こっちで職に就くなら探してやるけど……」と哀訴する。

公務員で、そこそこ上級の地位にある父親と共に、さして抑揚のない慎ましい暮らしを三十年近くも送ってきた母親に、自らがおかれた状況を納得させる自信はなかった。逞しく生きている人には、笑いごとかもしれない事実も、解決の術がない深刻さを投げかけてしまうほど、この家庭は幸福だった。それは、この家庭に育まれ、当たり前のように受験戦争へ臨み、そこそこの成果をおさめた私にとっても同じである。

リストラで戻ったのではないと、いくら嘘を重ねても、母親の、近所に対する弁解と同様に、その効用は失せつつある。私は家の中にこもるようになっていた。

長い夜と、浅い眠りの午前を、行き着けないジレンマの渦にあえぎながら送り、暮色のひとときだけは、自然の生命感に包まれ、幼少の頃の豊かな孤独感を耽溺する毎日だった。

翌日の夕刻、河原に出たとき、浅瀬にうごめく人影を見つけ、私は憮然とした。

その人影はタカだった。私はなぜかホッとした気持ちになって近づいた。タカは浅瀬の石を探って魚を獲っていた。すぐ近くの岸には、魚入れと思われる小振りのバケツが置かれている。中を見ると小魚が数尾、腹を見せていた。バケツの横には年季の入ったタオルが敷かれ、タオルに負けないくらい薄汚れた人形が横たえられていた。

布で作られた人形は、くすんだ桃色のワンピースらしきものを着た女の子の人形だった。茶色の髪は羊毛の糸をそのまま貼り付けてあるらしい。シミが浮いた白地の顔には、眉や鼻や口などが色のついた生地を切って縫いつけてある。よく見ると、黒い目は、大き目のボタンを利用している。ボタンを縫い付けた白っぽい糸が、人形に不思議な生命感を醸しだしていた。

タカは私の気配に気づいて振り返り、呆れるぐらいうろたえた。しかし、私が、昨日自分に向かって微笑んだ人間とわかったのか、やがて、おずおずと近寄ってきた。手には一匹の魚が握られていた。

「君が獲ったの?」

私の言葉に、一瞬タカは動きを止めたが、すぐに、ニッと歯を見せて笑んだ。そして、手にした魚を大切そうにバケツへ入れると、飛沫を上げて川に入り、再び石をさぐり始めた。

私はその場を離れ、堤防の背後にあるアカシアの林に行き、適当な枝を一本折ってきた。そして、タカのバケツから少し離れた平たい石に腰をおろし、小枝から葉を一枚むしって草笛を吹いた。小学生の頃、クラスの担任に教えられた草笛である。『これまでの教え子の中でもずば抜けて上手い』とおだてられ、暇を見つけては練習し、当時は大人たちから感心されるほどの腕前だった。

タカはその音に手を止め、不思議そうな面持ちで私を見ていたが、やがて川からあがると、そばに歩み寄り、一心に私の口元を見つめた。その胸元には人形がしっかり抱かれている。

「草笛、知ってる?」

私が話しかけると、ニタッと笑む。

「その人形は、キミのオモチャなの?」

するとタカは急に不安げな色を浮かべ、人形を私の目から隠すように、タオルで包んだ。

「あの魚、どうするの? 食べるの?」

話題を変えると、今度は昂然(こうぜん)と頷(うなず)く。

「魚獲るの、上手いね」

その言葉に、キャッキャと笑った。

私はまた草笛を鳴らす。タカは、今度は神妙な面持ちで聞いていた。

《草笛の透明な響きが、夕凪の川原をわたる哀愁感がわかるのだろうか?》

私は訝りながらタカを見る。しかし目が合うと、タカはただニヤニヤ笑うばかりだった。

しばらくすると、タカは石の上に人形をそっと置き、代わりに私の足元にあったアカシアの小枝を拾い、葉を一枚むしりとって口につけた。しかし、力任せに吹いたので、葉は破れてしまった。するとタカは、また葉をむしって吹こうとする。結果は同じである。タカは数回それをくりかえした。そして、何枚目かの葉がブウ～と鳴ったとき、喜びを満面に表し、悲鳴のような声を発した。

その様子を見ながら、私は再び草笛を吹きはじめた。するとタカは、また神妙な表情で、対岸に繁茂したクヌギ林のあたりを茫洋と見つめはじめた。草笛の響きが、そのあどけないまなざしに乗って、斜陽に染まる川面を滑っていくような気がした。

夜になって、勤めから戻った父が私を呼びつけた。

「おまえ、会社の方はどうなってるんだ」

「休みをもらってあるって言ったでしょう」

「ああ、はじめはそう思ってたが、こんなに長い休みをもらえるはずがねえ。クビにでもなったんじゃねえのか？　おまえ、正直に言ってみろ。何があったんだ？」

「何もないよ。考えすぎだよ」

「そうか」

父は鷹揚に茶をすすった。その額には小粒の汗が光っている。父は、黙ったまま二度、三度と茶をすする。額のシワにかかる湯気が水滴に変わり、やがて大粒の輝きとなって、こめかみを伝わって落ちた。

「ただな、ウチはいいにしても、近所がそうは思わねえ。おまえがノイローゼになって戻ってきたって、噂になってるらしい」

父は母親から懇願され、気の進まぬ役を引き受けたようだ。

《父にだけは本当のことを言おうか……》

一瞬、私の脳裏を躊躇いがよぎる。しかし父にしても、おそらく私の状況を解決する助言は持ちあわせてはいないだろう。困惑を重ねたあげく、《おまえはどうしようと思ってるんだ》と聞かれるのがオチで、どうするか行き惑っている私に答える術はない。

「とにかく、いくら休みがもらえるからって、こんなに長いあいだブラブラしているのは良くねえ。それに、会社での信用もなくなるしな」

父はそう言いながら、残っていた茶をズズッと飲み干し、「風呂に入ってくる」と、この場にけりをつけた。気まずそうな父のうしろ姿を嘲るように、台所でテレビを見ていた母の笑い声が聞こえた。息子が近所の噂になっていることに煩悶しながらも、私が目前にいない瞬間、母は、自らの平穏な生活に戻っている。

公務員として、定年までの年を数えるようになった父は、見事な小役人になっていた。私は、そんな父母を、決して侮ってはいない。しかし、親には親の生活があり、それがこの家全体に染みつき、自分の入れる隙がないような気がしたのだった。

東京に戻っても、自らの子に父を必要としない女が、愛情だけを携えて待っている。

《自分は、どこに帰れるのだろう？》

取り留めのない寂寥感が、脳裏を流れていった。

その夜遅く、私は綾香に電話をした。

「いつ帰って来るの？」

その声には、故郷へ逃げ帰った男への非難が滲んでいる。

「様子を見て親に言おうと思ってるんだけど……それに、当座の生活費も借りなきゃならないし……」

「なに言ってるのよ。結婚なんて考えなくてもいいし、それにお金のことなんか心配しなくていいのに」

「ああ」

私は曖昧に返事をし、綾香の体の調子や近況などを聞き、電話を切った。

このままいけば、自分は間違いなく父親になる。それを自分自身に隠せるほどの冷酷さもない。もちろん両親にも隠せるはずはない。いつかその事実を吐露し、ここでの平和な暮らしと、息子へのささやかな期待を破壊することになるだろう。私は、それを悄然と詫びながら、何がしかの援助に甘んじ、父親になる。そして、綾香が、望むと望まないとにかかわらず、そして自覚のあるなしにかかわらず、わが子と対面することになるだろう。

私は、夢と倫理感の選択に惑っていたのではなく、ただ、父親になる自分が疎ましかったのかもしれない。子供を持つことへの必然性を見つけられないまま、そして、綾香の結婚観にも拒絶され、行き惑う。《自分自身に何の確証もないまま、自分の子供にどう相対(あいたい)したらいい？》

『おまえみたいな真面目で優しいヤツが』と言った友人の言葉が蘇った。

あのときは、さして気にも留めなかったが、今は呪いたいほどの実感となって私の心の襞に突き刺さる。

田舎の晩夏の夜には、すでに秋が息づいていた。

盆地にたまった夜気は、昼間の熱気の余勢を借りて、じっとりと重かった。しかし、地の底から湧く虫の声の隙間には、山肌を嘗めて訪れる涼気が忍んでいた。

夏とも秋とも言えない、端境(はざかい)の季節が訪れていた。

綾香への電話のあと、私は思いきって友人へ電話をした。フリーの文筆業ならば、多少遅い時刻でも大丈夫だと思った。

「よお、久しぶりだなぁ。どうしたの？」

彼らしい、快活でよく通るバリトンが返ってきた。

「いや、おまえがフリーで、うまくやってるって聞いたもんだからね」

「うまくかどうかはわからないが、仕事は忙しくなったよ。いいタイミングだったなぁ。九月の頭には、新しいマンションに引っ越すんだよ。おまえに連絡したくても、携帯番号知らないし、どうしようかと思ってたんだ。それより、会社辞めたんだってな。どうしてるの？」

「やっぱり知ってたか……いろいろあってね。いまは流浪の身だよ」

「どうするつもりなんだ？」

「オレもフリーのライターになろうかなって、思ってね」

「おいおい、冗談だろう？　もし本気だったら止めとけよ」

「どうして？」

「おまえは、もしかしたらオレよりも文才があるかもしれないけど、いきなりフリーになるのはまずいよ。だいいち何のライターになるつもりなんだ？」

「なるとしたらコピーライターかな……」

「コピーライターか……オレもたまには広告コピーの仕事もするけど、向いてないいんじゃないか？」

「でも、これまでの経験上、オレにはそのあたりの文章の機微しかわからないし……」

「それならよけいわかるじゃないか。おまえは、堅実に人生を積み重ねるタイプだから、消費者の多様性を取り込むのも、経験則を客観視することも難しいと思うんだ。つまり真面目すぎるのさ」

「真面目すぎるか……」

「正確に言えば、ちょっと違うんだが……つまりさぁ、世の中に生きている人の大半は真面目な人なんだよ。だから、真面目さは、大多数の生活感性を理解するためには不可欠さ。ただ、そういう自分を、覚めた目で突き放すって言うのかな」

「抽象的だな。それが、オレにはできないのか？」

「おまえは、自分自身を突き放すのも、多様な価値観を是認するのも、難しいと思う。それは、自分の生き方や価値観を心底愛し、信じ、同時に、それを突き放してケラケラと馬鹿にして笑い飛ばす、冷淡な客観性を持ち合わせることだからな」

　その指摘は、私の懊悩（おうのう）の核心を突いているような気がした。行き惑うのは、自分の価値観を見つけられず、流されるままの自分から抜け出せないせいかもしれない。

　私は、動揺を悟られないよう、差しさわりのない話題に変え、電話を切った。

翌日、川原への出掛けに、私は台所で見つけた煎餅を一袋、紙袋に入れて家を出た。いつもより時刻が早かった。晩夏の太陽が、道を歩く私の後頭部を容赦なく熱した。途中、自動販売機でビールを一缶買った。

川原に着くと、私は陽射しを避け、いつもの場所より少し川下にある松の大木の根元に腰を下し、ビールを飲みながら、煎餅をかじった。

松から数メートル先では、蛇行した流れが、岸をえぐるように小さな淵をつくっている。深みでは、小魚の銀鱗が、ガラス粉を撒き散らしたように無数の閃光を発している。対岸のクヌギ林では、数羽の野鳥が、忙しげに枝わたりをしていた。

投網漁の盛りは過ぎ、釣りの絶好機にはまだいくらかの間がある、端境の季節の川原は、自然の生命感に満ちている。

私は軽いめまいを覚え、松の根元の野芝に寝そべった。少し酔ったようだ。横になると、土のにおいを含んだ草いきれが胸を満たした。

《いつもそうだった》と、私は思った。

幼い頃、一日中川原で遊び呆け、午後の気だるい光の中で、目に染みる眩さに追われて逃げ込んだ木陰の夏草、むせ返るような草いきれ、痺れるように疲労した手足を思いきり伸ばす……晩夏の光の中に意識の全てを投げ出す不思議な恍惚感。明日のことは何も考えず、またそれで良かった日々。

私は、ここ十何年かの自分を忘れ、かつての奇妙な快感に身を任せた。

その日もタカは現れた。私の姿を認め、堤の上から私を呼ぶように奇声を発し、堤を滑るように下り、ススキを乱暴にかき分けてやって来た。

私は、傍(かたわ)らに駆けつけたタカに、紙袋を差し出した。

おじおじと中を見たタカは、煎餅の袋を取り出すと、ニタッと笑い、一枚にかじりついた。

「おいしいかい?」

カリカリと小気味の良い音を立てながら、タカはニタッと笑む。広がった唇の脇から、煎餅のカスがこぼれ落ちる。

「おいしいだろう?」

二枚目を口に運んだタカは、煎餅の粉を撒き散らしながらヒっと笑った。

その日のタカは、人形を背負っていなかった。

「人形はどうしたの?」

私が聞くと、不意に悄然とし、首を横に振る。家に置いてきたらしい。

タカと私の間には会話がない。

子供は、道で拾った野良犬の子にエサをやる。『うまいか？　うまいだろう？　もっと食べる？』　しかし子犬は何も答えない。突然自分の世界に入ってきた、といって決して敵ではない子供に向かって、ちぎれんばかりに尾を振り、その顔をなめまわす。

タカは、私の顔をなめる代わりに、あの奇妙な笑みを返すのだ。

《タカは、しゃべることができるのだろうか？》

かつての記憶を探ってみるが、近所の仲間にまじって遊んでいたタカのディテールは虚ろだった。私はサンダルのまま浅瀬に足を浸した。この瞬間だけは、都会から追いかけてくる忌まわしい憂鬱も影を潜め、私の心には、生温い水の感触や、脛に当たる微風、かすかな日焼けの疼きなど、感覚的な『今』しかない。それは、自分自身の実在感でもあった。

私は、思わず、横で煎餅をむさぼるタカを見た。タカには、生活の臭いがない。タカにあるのは、おそらく『今』という瞬間だけだろうという思いがした。タカは、まさしく、この川原に息づく多くの生命の一部だった。

風が凪ぎ、川面の光彩が揺らめきを止めた。

不意にタカが立ち上がった。そして、半分ほどに減った煎餅の包みをしっかり握り締め、ススキをバサバサとかき分け、堤を駆け上がって行ってしまった。

訝りながらその姿を追っていると、タカはすぐに姿を現し、堤を駆け下ってきた。片方の手には煎餅の袋、もう片方にはアカシアの小枝を握っている。タカは息を弾ませながら、小枝を私に差し出した。タカが初めて見せた要求らしいしぐさだった。

私はそれを受け取ると、葉を一枚むしって、軽く吹いた。するとタカは、昨日と同じように、焦点の定まらない目線を対岸に向けた。

私は、草笛を吹き続ける。そして、可能な限りの息を吹き出して曲の終わりを締めくくったとき、軽いめまいとともに光景の色彩が失せ、自分の存在感すら虚ろになるような空虚さが訪れた。

思わず隣のタカを見た。茫洋とした視線を虚空に投げるタカが、遠く感じられた。

その夜、母が風呂に入ったのを見計らうように、父が私を呼んだ。

「今日、おまえの会社に電話をしてみた。心配でな」

「……」

「おまえなりに考えがあってのことだと思うが、これからどうするつもりだ？」

「先々を考えたら、勤めなんて何の保証にもならないし、とりあえずどこでもいいから就職し、もう一度文章の勉強をしようと思っているよ」

「三月で辞めたって聞いたが、それからはどうしてた？　金はあるのか？」

「それぐらいの貯えはあるし、就職活動をしながら、友人の会社でアルバイトもしていたからね」

全財産は、東京へ戻る交通費すらも危うくなりそうな程度しか残っていない。しかし、父の落胆に、追い討ちをかけることはできなかった。

「そうか……」

父は溜め息をついたまま、何も言わなくなってしまった。

その夜遅く、二階の部屋のベランダから、点々と山裾に這い蹲る生活の明かりを眺めながら考えた。

《もし、会社を辞めていなかったら、自分は綾香の妊娠にどう対処できただろうか？　シングルマザーの逞しさに、呆然と引きずられていっただろうか？　それとも、『できちゃった婚』と自らを茶化しながら、ごく普通に結婚しただろうか？》

どちらにせよ、これほど煩悶することもなく、父親になれたかもしれない。

山裾を包む暗泥（あんでい）の中に、集落の明かりが悶えるように瞬いていた。

次の日、川原に行くと、タカは一昨日と同じ場所で魚を獲っていた。私の姿を目ざとく見つけ、叫ぶような奇声を上げた。

「獲れるかい？」

水際から声をかけた私に向かって、タカは石の下からひっぱり出した小魚を誇らしげに掲げた。そして、飛沫を上げて岸に駆け戻り、バケツを抱えると、中を見せた。相当な数の小魚があった。その数から察するに、タカはずいぶん早い時間から、ここに来ていたようだ。どおりでシャツもズボンもびっしょり濡れている。バケツの横には、一昨日と同じようにタオルが敷かれ、人形が横たえられていた。

タカはバケツを置くと、その人形を大切そうに抱き、上目で私を見た。

「かわいい人形だね。大事にしてるんだね」

私の素直な感想に、タカは柔和な表情を返した。そして人形の顔をそっと私のほうに向けると、誇らしげに茶色の頭を撫でた。

それまで、人形の話題に触れると、タカはどういうわけか意識を閉ざしてしまった。

《心から安心感を持てるようになったのだろうか？》私はそう思いながらタカを見た。

大きめの石に尻をおろしたタカは、大切そうに人形を抱え、焦点の定まらない目で川面を見つめている。その横顔の成熟したラインに、幼児のママゴトとはあきらかに違う、リアルな母性の揺らめきを見たような気がして、私は憂鬱になった。

三十路（みそじ）を数える女の、透明なあどけなさと、本能の哀れさが混在する、不思議な光景だった。私の意識には、そのふたつの隔てをつなぐ術（すべ）がない。厳然とそこにある光景に、己の認識力と常識観があっけなく葬（ほうむ）られてしまったような敗北感だけがあった。

夕陽の色を察知し、浅瀬ではときおり魚がピョンと跳ねあがっている。川面（かわも）の輝きに誘われた小虫を捕獲しているのだろう。それは、反射光の赤銅色が深まるにつれて、急激に数を増していった。

川面を見ていたタカは、増えはじめた小魚の跳躍に誘われたように、人形をタオルの上にそっと置くと、飛沫（しぶき）をあげて川に入っていった。

「魚はいるかい？」

私は、浅瀬の大きな石の下に、腰をかがめて手を入れるタカを見ながら声をかけた。

返事とも叫びともつかない嬌声がタカの口から洩れ、タカは捕らえた大物を誇らしげに掲げた。

私は、タカの得意気な表情に誘われ、ズボンをまくって川に入った。川底の砂利の滑（ぬめ）りと、不均一に足裏を刺激する痛さが懐かしい。十数年ぶりの感触だった。水は記憶のままに澄んでいたが、瀬の石には腐った小枝や得体の知れない紐のようなものが、黒くすんだコケや藻に覆われ、不気味に纏（まと）わりついている。

一瞬、素手を差し込むのが躊躇われた。どうしようかと思案している間に、タカが大きな魚を捕まえた。私はそれに刺激され、意を決して石の下を探った。ぬるっとした不気味なコケの触感、指先に触れる汚物の触感、しかし、それらはすぐに幼年期の記憶と重なった。

《たしかに、こんな感触だった》と思ったとき、一匹の小魚が手のひらに飛び込んできた。

「獲れたよ！」

私はタカに声をかけて小魚を掲げた。そして、身体の向きを変えようとしたとき、川底の平たい石の滑りに足を取られ、浅瀬に尻もちをついてしまった。

タカは、それを見て、大きな声で笑った。

慌てて立ち上がると、腰から下はずぶぬれで、尻から水が滴り落ちる。Tシャツも、胸から下の部分が水を含み、肌にべっとりまとわりついている。

私は、瀬から上がると、川原に落ちている流木や小枝を拾い集め、火をつけた。

焚き火は、タカを喜ばせたようだ。はじめのうちは、私の行為を訝しげに見ていたが、炎がたちはじめると、喚声を発した。私はTシャツを絞って、熱気にかざした。強い輻射熱に、濡れた部分からは、すぐに湯気が上がりはじめた。

次の瞬間、私は目を見張った。タカが私を真似たのだ。いきなりシャツを脱いで、不器用に炎の近くへ晒しはじめたのである。あらわになった上半身には、小柄な身体に不似合いなほど、肉付きの良い乳房が揺れている。タカは私の視線に気づき、一瞬、茶目っ気のある表情を見せ、あとは意味もなくへらへらと笑った。

背後から射す夕陽の色が、タカの汗ばんだ肩を輝かせている。正面からの炎の色が、胸や顔を薄紅色に怪しく揺らめかせていた。タカは、空ろなまなざしで炎を見つめる。息をするたび、乳房がゆったり上下する。タカが背中を掻いた。まるで少女のように、肩に回した手で、ボリボリと無心に掻いた。腕の下でひしゃげた乳房が、その弾力を露(あら)わにした。

タカの意識と、その外で芳香を放つ『女』との隔てを感じながら、私は、この状況をつくった自分を悔いた。それと共に、《誰かに見られてないか》と卑俗な焦りを抱き、おずおずとあたりを見回した。

呆然(ぼうぜん)と炎を見ていたタカが、不意に立ち上がった。そして、ぎょっとする私をよそに、敏捷な足取りで水際まで行き、そこで、勢いよくズボンを下げ、放尿をはじめた。

私の心に、やり場のない苛立ちが押し寄せた。その状況から逃げ出したい気持ちで、私はその光景から目を背けた。タカは小便を終えると、何を思ったのか、ズボンを下げたまま覚束ない足取りで私に近づいてきた。そして、たじろぐ私の腕をつかむと、ニヤッと笑みながら、自分の股間に押しつけた。

私は、反射的に腕を引いた。その勢いで、タカはあっけなく脇に倒れこんだ。そして、複雑な面持ちで私を凝視していたが、やがて顔をゆがめて号泣した。

「泣かないで……」

しかし、タカはひしゃげた口元に、よだれのような涙を伝わせ、あたりかまわず泣き声を張り上げた。

「お願いだから、泣かないでくれ！」

哀訴しながら、傍らに丸まっていた自分のTシャツを拾い、脇にあったバケツの水を火にかけて、逃げるようにその場を離れた。一刻も早く、そこから姿を消したかった。

風がひとしきり川原をあおり、背後からタカの悲鳴が聞こえたような気がした。

家に逃げ帰った私は、すぐ風呂場に駆け込み、石鹸の泡をすり込むように手を洗った。あの瞬間の、汗だか尿だかわからない、べっとりした感触が指先にこびりついている。泡を流すたび、恐る恐る鼻に近づけてみる。その都度、閃光のような悪寒が走った。


タカの裸体と指先の感触は、夜を通して私を脅かした。

その幻像は、燃え盛る焔(ほむら)に映(は)えている。しかし、揺らめいているのは、タカではなく、タカ自身にも束縛できない性だった。精神障害のタカは哀れだったが、揺らめき悶える女を背負ったタカは、悲壮だった。

夜が白みはじめても、私は寝つかれなかった。ぶ厚い雲が空一面にはびこる朝だった。朝日を見ないまま、知らず知らず時間が経過し、気がつくと、出勤する父を送る母の声が、玄関に聞こえる時刻になっていた。

私は台所に行き、コーヒーを入れて飲んだ。

風も陽もなく、鬱陶しい湿気が淀む日だった。気持ちは鎮まりはじめていたが、奇妙な後ろめたさは依然として心に滞っている。新聞を読んだり、テレビを見たりして眠気を誘おうとしたが、身体の疲労感に反逆して、神経は、燻（くす）ぶる炭のように、異様な熱を発散していた。

昼近くになると、空がいくらか明るみを帯びてきた。私はサンダルを引っ掛けて外に出た。足は、川原に向かっていた。

陽射しは虚ろだったが、寝不足の目は、腫れ物のように痛んだ。家を出る頃は、薄ら陽が厚い雲間の所々を切るように射していたが、川原へ着くころはすっかり失せ、茫洋とした明るみに、道端の夏草も艶を失い、ひっそり翳っていた。

すべてが悶々としている。

川への降り口になっている堤に差し掛かったとき、私はあたりを一瞥（いちべつ）した。後ろめたさが心に滞り、川原に降りる気になれなかった。私は堤の上から、ぼんやり川原を眺めた。昨日の焚き火の跡が、白砂利に滲んだ染みのように見える。

少し向こうで、ススキの動く気配がした。

私は忍び足で、堤の上を歩いて行った。しかし、気配がしたススキの原の近くまで行ったとき、愕然と足を止め、息を呑んだ。ススキの鬱蒼の間に、人影が見えたのである。

人影は二つで、上下に重なり合っている。私は、そこでなにが行われているかを即座に知った。うつぶした工員服の背と、丸出しの下半身が、激しく上下している。そして、その肩の下から、歪めた表情をのぞかせている女……それは、まぎれもなくタカだった。

私の強張った身体に、一瞬、痙攣のような震えが走った。

背の高いススキがその行為を周囲の目から遮断している。しかし、私が立つ堤の上からは、タカの顔がはっきり見えた。やがて、タカが堤の上にいる私の姿に気づいた。目と目が合った瞬間、思わず座り込んで身を隠そうとした私に向かい、あの奇妙な笑みを投げかけ、キャッキャッと叫んだのである。

喜びなのか、親しみなのかわからない、意思表示の唯一の術である、あの奇妙な笑みだった。工員服の男は、それには気づかず、黙々とその行為に耽っている。男の腰が沈むたび、タカの笑い声は圧迫され、あたかも喘ぎのように、怪しく途切れる。それでも、タカは私への笑みを止めなかった。

私は、震えながら後ずさりした。そして、その光景が視界から失せた瞬間、身体を劈(つんざ)いた得体の知れぬ衝撃に、堤の反対側へ向かって転げ落ち、アカシアの林の湿った地面に膝をついた。首筋に、激しい動悸が突き上げている。その律動に乗って、腹の底から悪寒が込み上げてくる。

やがて、私は放心したように嘔吐した。

空っぽの胃から、すっぱい黄濁の粘液を絞りだして、何度も吐いた。吐きながら、犬蓼（いぬたで）に覆われた地面に身体を伏せた。六間堤の向こう側の、身悶えするタカの女が、内臓を弄（まさぐ）っていた。

やがて、嘔吐が鎮まる、私は口に溜まった粘液を拭いながら、アカシアの幹に縋（すが）りついて起き上がろうとした。その瞬間、幹に触った手のひらに嫌な感触があった。反射的に手を引き、幹に目をやると、蝉の脱（ぬ）け殻が潰れていた。見ると、その上下にも五、六個の脱け殻がへばりついている。

割れた背は半透明に白っ茶けているのに、手足の部分は、湿気を含んだ重い大気を受けて土色に艶（つや）めき、不気味な生命感を帯びている。

私は衝動的にそれらを片っ端から手のひらで潰した。

自分の実在感がまるでなかった。ただ、むせかえるような草いきれの中を、焦点のない意識だけがさまよっている。大気がぼやけ、周囲を囲む山波の稜線が霞んでいる。かすかな虫の音が、地の底から湧いていた。

私はタバコをつけた。胃液の臭いと、草いきれが充満した胸に、ほんの少し生気が蘇った。

《雨になりそうだな……》
妙にはっきりした思いが、脳裏を過ぎっていった。

その日から、私は川原に行かなくなった。

午後から降りはじめた雨は、秋霖を思わせる霧のような雨で、それは翌日も続き、九月に入った翌々日の未明になってようやくあがった。陽射しに疼いていた夏も、すっかり去ってしまったと感じるほど、透明で張りつめた朝が訪れた。

秋の空が始まってからも、私は部屋にこもっていた。しかし以前のように、行き惑う焦燥に駆られることはなかった。心に流露する思いをノートに書き綴り、その合間に、高校時代の愛読書を何冊か押入れから出し、耽読した。時間を追って、気持ちがそわそわしてくるのがわかった。

川原に行かなくなって五日目の夜、タカの祖母が怒鳴り込んできた。

玄関で、いきなり「てめえのところのキチガイ息子が！」とか「孫をいたぶりやがって！」とか、訳のわからぬ悪口雑言を、応対に出た母に向かって浴びせかけ、しまいには「息子を出せ！」と毒づいた。

私が顔を出すと、小柄な祖母は、唾を飛ばして悪態をつき、今にも掴み掛からんばかりに身を乗り出した。

「とにかく、上がってください」

私は、おろおろする母を急き立て、老婆を居間に上げた。老婆は、フンと鼻息を荒くし、不自由な片足を庇いながら、這うようにして上がって来た。

老婆の話は要領を得なかった。感情ばかりが先走り、自分がここへ来た訳を言う何倍もの悪態が口をついた。

それでも、どうにか話をつなぎ合わせると、五日前、雨の中を濡れだくで帰ってきたタカがひどい熱を出し、翌日、病院に連れて行って診察させた結果、風邪を引き込んでいるばかりでなく、妊娠していることがわかったらしい。家に戻って、そのことを長屋の連中に訴えたところ、誰かが、川原で私とタカが一緒に居るのを見たということだった。

老婆が、悪態をつき疲れ、一瞬、黙った隙をねらい、私は、

「妊娠は、何ヵ月目なんですか?」

と尋ねた。

老婆は、「なにっ!」と私を睨んだが、「三ヵ月目だ!」と、吐き捨てるように言った。

私は、自分が帰省した日と、タカの妊娠月がまったく合わないことを、何度も説明した。最初のうちは、気色ばんでいた老婆も、納得するにつれて勢いを失っていった。

「でも、川原に二人でおったというのを、見た者がいる……」

「あれは、お孫さんが魚を獲りに来たとき、たまたま遭っただけです」

「でも……」

老婆は、悄然と呟いて目をつむった。その目じりに涙が滲んだ。

「誰がこんなことするんじゃ……頭が弱いのをいいことにして……」

私の心には、五日前のあの光景が蘇った。タカの股間で蠢く影、押し潰された笑い声……その幻像をむせ返るような草いきれが包み込んでいる。

「これで三度目じゃ……オラ、それじゃあタカが可愛そうだと思って、何度も施設へ帰らせようと考えたが、施設で独りのタカを思うとなぁ。二度と身籠もらねえように、お医者様で手術してもらえって、言ってくれる人もあるだが……手術ったら、腹を切ることだからよ、なかなかできねぇ」

「かわいそうに……」

横で聞いていた母が、割烹着の裾で目を隠した。

「二度目に堕ろしたあとなぁ……タカの様子が変になった……」

「変に?」

「どういうわけか、人形で遊んでいる子供らぁ見ると、そこからずっとを離れねえだよ。だからオラ、人形をこせえてやっただ……」

「そういえば、お孫さんは、いつも人形を大事に持っていましたね」

「タカもあの歳だからなぁ。母親になりてえのかなぁ……」

タカの祖母は、涙を拭いながら弱々しく呟いた。そして、「ハア……」と小さな溜め息をついたきり、力なく首を傾けたまま動かなくなってしまった。

私の脳裏に、人形を大切そうに抱えるタカの姿が蘇った。

生気が失せたような老婆と、なんの屈託もなく人形を抱くタカの姿が、どうしても重ならない。ただひとつ、その二つを結ぶものがあるとしたら、それはあの薄汚れた人形の表情だった。老婆の手縫いの糸が偶然にも醸(かも)しだした、不思議な生命感だった。

やがて老婆は、「すんませんでした……」と、自分の早とちりを詫びながら、悄然と腰を上げた。

私は、「すんません……」と何度も頭を下げる老婆を、門まで見送った。不自由な足を庇いながら夜道を引き上げる老婆は、長い影を重そうに従え、もどかしいほどゆっくり遠ざかって行った。

夜空が、果てしなく深く、広く感じられた。老婆の姿が、あまりに小さく見えたせいかもしれない。

老婆が帰った後、私は両親に自らの状況を正直に話した。そして、

「妊娠している綾香の籍を入れ、アルバイトをしながら、ライターになるための勉強を続けていくつもりだけど、当座の生活費を貸してほしいんだ」

と、明け透けに懇願した。

最初は戸惑うばかりだった両親も、事態が飲み込めてくると反撃に転じた。

「おまえ、式はどうするつもりなの？」

最初に切りだしたのは母のほうだった。

「挙げなくても構わないでしょう？」

「そんなわけにはいかないのよ。私たちにだって義理もあるし、相手の親にだって……」

涙目で感情に走ろうとする母を、父が制した。

「いや、式のことはいい。それよりもおまえ、モノ書きになれる見込みがあるのか？　そんな夢みたいなことを考えてないで、職に就くことを考えなけりゃ、子供が生まれてからどうするんだ」

「子供が生まれるから、オレはモノ書きになりたいんだ。高校生のとき、それまでの自分を振り返って、素直に、モノを書いて生きていきたいって思ったんだけど、大学に行って、社会的な体裁だの、平穏な暮らしだのと、ありもしない観念に縋（すが）ったために、回り道したんだと思う。

この先もそれを続けたら、オレは、自分という人間がわからなくなってしまう。そんな自分が、子供にどう向きあったらいいかわからない。だから……」

そのとき母親が私の言葉を遮った。

「そんな夢のようなことを追いかけて、家族を不幸にしている人が、いっぱいいるのよ！」

「オレは、自分も、自分の子供も、不幸にしたくないから、そう決めたんだ」

「何言ってるのよ！　あなたには、社会の厳しさがわかってないのよ！」

目を真っ赤に泣きはらして興奮する母親を、また父親が制した。

「いったん仕事に就いて、その傍らで勉強することはできないのか？」

「できるかもしれないけど、それをしちゃあいけないと思っている」

「食えなくなったらどうするんだ？」

「何とかするよ。たとえ大手の会社に勤めたって、ある日リストラされてしまえば同じじゃないか。オレは、前の会社で、自分が人より劣っていたとは思ってない。でも、結果的にこうなったのは、劣ってはいないけど、経営者が、こいつだけは残したいと思うほど光ってもなかったってことだろう？　だから、このままの状態で就職しても、また同じ憂き目にあうだけだよ」

「まあ、おまえの気持ちはわかった。とにかく相手を一度連れて来い」

私の言い分が理解できたのかどうか、父はそう言うと、母を促して立ち上がった。

翌日の昼近く、気まずい面持ちの母親に、私は笑顔で挨拶して家を出た。
狭い盆地を囲む山並みに、透明な陽射しが満遍なく注いでいる。
上り列車に乗り、車窓を過ぎる光景をぼんやり見ながら、昨夜のことを断片的に反芻していると、不意に可笑しさがこみあげた。
《父の諭しは、二年前の自分と、同じじゃないか》
私は、かつての自分が可笑しくて、しばらく回りを気にしながら、含み笑いを続けていた。
すると、わだかまりが消えた脳裏に、タカの笑み、そして、指先の感触や怪しい裸体が、蜃気楼のように浮かび上がった。
《タカは、今日もあの川原に来るのだろうか？》
タカの空ろな輪郭の表情は、ススキの陰から男の肩越しに私を見た、あの表情に収斂されていく。
《あの幼い日から、タカはずっと川原の一部として在り続けた》
私は川原の光景を思い浮かべ、人形ではなく本当の子供を抱いたタカを想った。もし子を産んだとしても、おそらくタカはあの人形と同じように、覚束ない手つきで、大切そうに抱くだろう。オムツを変えることも、身体を洗ってやることも、およそ世の母親が持つ常識的な子育ての術の有無は疑問だが、乳を求めて乳房に食らいつく子供に、タカは安らかな表情で応えるに違いない。

川原の石に座り、人形を大切そうに抱え、焦点の定まらない目で川面を見つめているタカの姿が蘇り、そこに、東京で私を待つ綾香の姿が重なった。

その瞬間、ヒヤッとした感触が心の底を嘗めていった。それは、自然のままに生きるタカのリアリティへの敗北感であり、結婚を否定して母親になろうとしている女の、本能への敗北感であったのかもしれない。

ふたたび可笑しさが込み上げた。

《女が、備わった本能のままに母親となるのなら、男だって同じじゃあないか。ネコや犬の発情期のオスが、手当たり次第にメスを追いかけるように》

私は、綾香の意識に焼きつけられた、倫理の断層がはっきり見えたような気がした。

《メスの本能に籠絡される女と、オスの本能を否定する女……結局、君は幼い頃の父親への絶望感から、自分にとって一番都合の良い着地点を見つけたに過ぎないんだよ》

すると、この一ヵ月間、心に巣くった煩悶が、ひどく当たり前のものに感じられた。

《意識して父親になるのは、本能と共存し、本能と格闘する人間として生きることかもしれない。それは、不自由で、重荷だらけで、みっともないのだろう……リセットなんて、できるはずがない。オレは、二十五年間で集積したデータの上にしか在り得ない。データの否定も、データへの妄執も、結局はリセットの無意味さからの逃避なんだろうな》

何の気負いもなく、素直に、そう思えた。

車輪がレールの繋ぎ目を越えるコーッコーッという音とともに、私の記憶が点在する故郷の光景が遠ざかっていく。脳裏に、綾香の面差しが妙にリアルに浮かび上がった。

《子供が生まれたからといって、君ほど自然に『親』にはなれないかもしれないけど、子供の成長に歩調をあわせ、オレも父親になっていきたいと思う》

この先、不安定で貧しい生活が続くかもしれない。以前とくらべれば、不真面目で、堅実性も保証もない生活だろう。

しかし私は、何の気負いも虚飾もなく、そして、すべてを肯定し、母になろうとしている女と、数ヵ月先に誕生する『わが子』に出逢えそうな気がした。

《了》

父の章　第三話

秘密

バサッという低い音で、夢から醒(さ)めた。

ボンヤリとしているが、何かに追われて逃げ惑っている夢を見ていた。ヒヤリとした焦(あせ)りの感覚が背筋のあたりに残っている。

静かな春の午後だった。

穏やかな陽が拡散する窓辺のベビーベッドで、満一歳になったばかりの息子が安らかに眠っている。その脇では妻の美美(よしみ)が、壁にもたれ、しどけない格好で小さな寝息をたてている。膝元には文庫本が一冊、めくれたページを下にして落ちていた。

僕を悪夢から呼び戻したのは、この音だったようだ。

妻は、子供を寝かしつけながら本を読んでいるうちに、春眠へ堕ちてしまったらしい。うつむいた顔は、ライトブラウンに染めた長い髪に隠れて見えないが、たぶん、唇をちょっと開いた、素直で、子供っぽい寝顔だろう。僕は美美（よしみ）とつきあい始めた頃から漢字の音読みで『ミミちゃん』と呼んでいるが、その愛称がピッタリの、甘えてくる子猫のような顔立ちだ。

僕は大きく伸びをした。悪夢のイヤな感触が背筋から抜けるとき、一瞬、リアルな『後ろめたさ』に変わった。

この後ろめたさは、ミミちゃんの影のように、いつも付きまとっている。

それだけで済んでいればよかったが、最近では、少しずつ自我を出しはじめた息子にも、うっすらとした影を感じるのだ。僕は、ミミちゃんや子供からそれを感じるたび、苦笑（にがわら）いしてしまう。そうするしか、やり過ごす方法がない。

その影を最初にはっきり自覚したのは、一昨年の春先、結婚してこのマンションに転居して来た日の翌日のことだった。

「あら、この香り……」

引越し荷物の後片づけもあらかた終わった夕刻、食器棚にお気に入りの珈琲（こーひー）カップを並べながら、ミミちゃんが鼻をヒクヒクさせた。

「え、なんか匂う？」

僕はあたりを嗅いでみた。そういえば、微かな芳香が、開け放った窓の方から匂ってくる。

「沈丁花よ」

彼女は、窓辺まで行き、うっとりした表情で外気を嗅いだ。

「きっと近所にあるのね。ワタシ、この香り大好き」

新居のマンションは比較的新しい住宅街の一角にある。近所の庭に咲いた沈丁花の芳香が、風の加減で二階のこの部屋まで届いて来るのだろう。

「どこで咲いているのかしら？」

ミミちゃんは窓枠から身を乗り出し、あたりの住宅の庭を探した。どの住宅も小さな庭いっぱいに、ツバキやらカイヅカやらの庭木を植えている。三月の春風に緑を茂らす常緑樹に隠れているせいか、慎ましい沈丁花の花は見つからないようだった。

「明日でも、散歩がてら探してみるかい？」

「ううん。どこから香ってくるか分からないほうが秘密めいていていいのよ」

そう言いながら、あどけない表情で僕を見た。

その瞬間、僕の意識の奥底に住みついていた疚しい感情は、そこからサッと抜け出して、彼女の『影』となってへばり付いてしまった。

ミミちゃんは、本当に素直で、おおらかだ……と僕は感じている。微笑んでいるような細い目が、しっとりと明るい話し方にマッチしていて、実にいい。器量は十人並みかもしれないが、彼女と接したことがある僕の友人たちの間では、器量以上の点数がつけられているようだ。家事もしっかりやるし、僕のグラフィック・デザインの仕事も手伝ってくれる。センスも悪くない。最近では、簡単なデザイン仕事は、彼女で間に合うようになっている。

だから……影は、自然に濃くなってしまう。

その『後ろめたさ』……彼女に対する疚しい感情が僕の心に巣くったのは、彼女との初めて出逢いのときだった。

ちょうど三年前、僕が二十五歳になる年の三月だった。

その前年の夏、勤めていた小さな広告プロダクションが倒産し、僕はそれを機に、フリーのグラフィックデザイナーとして独立していた。独立と言えば聞こえは良いが、最初からフリーランスを志していたわけではない。勤め先を失った当初は、同僚だった他のクリエイターたちと同じように、懸命な就職活動を繰り返した。

ところがバブル経済が崩壊してからというもの、低迷する企業活動のなかで、真っ先に削られたのは広告費だった。広告業界は青息吐息の状態で、あらゆる制作関係の企業は人減らしの真っ最中であり、僕の新たな勤め先もなかなか決まらなかった。

就職活動に疲れたころ、同じ疲労を抱えた元同僚のデザイナーから電話があった。

「なあ、就職面接で、給料をどのくらい欲しいかって聞かれるだろう？　でもそのとき、まともに金額を答えたら、それで面接はパアらしい。だいたい、終身雇用だの年功序列だの、オレたちには関係ねえもんな。給料は、貰うものじゃなくて、自分で稼ぎ出すものだっていうのが正解で、オレたちみたいなクリエイター面接じゃあ、それが常識らしい」

給料は稼ぎ出すもの、と聞いたとき、就職への執着にケリがついた。稼ぐのなら、勤めていてもいなくても同じだ。

それから僕は、アパートの部屋に、クレジットで買った高価なマッキントッシュを据え、個人の名刺をつくり、意気揚々と仕事をはじめた。

ところが、思うように仕事は来ない。自慢のマッキントッシュも、あまり活躍しないままに半年が過ぎ、クレジットどころか生活費も危うい状態になってしまった。

そんな三月の中旬、金沢の実家から祖父死去の訃報が届いた。

僕はすぐに銀行から全財産を下し、翌朝一番の列車にとび乗った。

八十五歳の天寿をまっとうした母方の祖父の葬儀は、おそらく、大往生をねぎらう和やかな雰囲気だろう。僕の心には、祖父の死の悼みよりも、この機会に親から当座の生活費を借りようという姑息な魂胆があった。

　葬儀が終わり、僕は両親に独立した事実を告げた。案のじょう両親は、長男の行く末を危ぶんだ。

　三歳下の妹は、高校を卒業してから県内の地方銀行に職を得たが、昨年の暮れに職場の男性との婚約がめでたく整い、親の心配は、東京に出た長男に絞られた観がある。それは、自分たちの老後まで見据えた憂患に近い感情が交じっている。母親などは『こっちへ戻ってくる気があるの？』と、ことにつけて僕の将来設計を案じている。

「でも、将来こっちに戻って来るとしたら、独立してできる仕事を持っていなけりゃダメだと思ったんだ」

　苦しい言い訳だったけれど、それが功を奏したのか、僕はかろうじて生活費の無心に成功し、半年ぐらいは凌げる援助を得た。

　翌日の昼近く、僕は逃げるように実家を出て、金沢駅に向かった。

　駅に着いて東京行きの列車の時刻を確認すると、次の列車までには、まだ一時間ほどの余裕があった。僕は時間つぶしのため、駅構内の軽食レストランに入った。

　小柄なウエイトレスは、僕が一人であることを確認すると、奥の壁ぎわの席に案内した。無愛想なウエイトレスにコーヒーを注文し、向かいのシートにバッグを置こうとしたときである。

シートと壁の間のわずかな隙間に、壁のクロスと同じ薄緑色をした小振りの封筒が引っかかっているのに気がついた。宛名などの文字は見当たらない。何かが入っていることをうかがわせる厚味はあるが、封はノリづけされていない。

僕は、バッグから物を取りだす素振りを装い、すばやく封筒を拾い、バッグの陰で中を確認した。封筒の中身は紙幣だった。

胸が高鳴った。

まったく、貧困というやつは、倫理観や罪悪感まで麻痺させてしまう。僕は、考えるより先に封筒をバッグに押し込んでしまったのだ。そして、運ばれてきた熱いコーヒーをひとくち飲むと、努めて平然を装いながら会計を済ませて店を出た。

あとは一目散。焦りと動揺を抑えながら、足早に駅構内を出ると、駅の近くにあったコーヒーショップに身を隠した。

封筒には一万円札が五枚入っていた。

親から半年間の生活費をせしめた後とはいえ、先々のことを考えると金はいくらでも欲しい。むせ返るような自己嫌悪や罪悪感と戦うため、今度は意識してゆっくりコーヒーを飲みながら、僕は自分への言い訳をあれこれと思案し、金の着服を正当化した。

時刻を確かめて駅に戻ると、チケット売場の窓口には、十人ほどの列ができていた。

その列にならび、順番を待っていると、僕より三人先に並んでいた若い女性が、困惑した様子で列を離れた。

ジーパンにレモン色のウィンドブレーカーというカジュアルな服装で、やや大きめの旅行カバンを抱えた姿は、一見して旅行者とわかる。

彼女は、脇のカウンターにバッグを置き、覗き込むように中を確かめたり、自分の上着やズボンのポケットに手を入れ、あれこれ探ったりしては、その都度、途方にくれた表情をしている。

《やばいなぁ……もしかしたら……》

僕は罪悪感に包まれながら、東京までのチケットを買った。

しかし、チケットを受けとったとき、脳裏を占領した罪悪感に耐えきれず、ためらいながら女性に近づいた。

「どうかしたんですか？」

「え？」

女性は僕を振り返り、表情を強張（こわば）らせた。

「さっきから、何か探している様子だったので……」

「いえ……それは……」

「もしかしたら、お金を落とされたんではないですか？」

《あ〜言ってしまった……》
僕はしまったと思った。『金を落とした』とは、あまりに核心に迫りすぎたセリフではないか。バッグの奥にある薄緑色の封筒が、僕の良心を、ちくちくと刺していたせいだったのかもしれない。
それがミミちゃんとの、最初の会話だった。

「あなたみたいな、素朴で、おせっかいで、飾り気のない人、めずらしい」

付きあうようになってからしばらくして、ミミちゃんは、初めての出逢いを思い出して言った。

「まあ、あの時は、困っているみたいだったからね」

「でも、普通に考えれば、キャッシュカードだってあるんだし、いまどき、旅先でお金を落としたぐらいで途方にくれる人なんかいないわ」

「でも、あのときキミは、カード類は全部家に置いてきてたんだろう？」

「ええ、だから、本当に嬉しかった。でも、年配の人ならともかく、学生みたいな人から声をかけられて、最初はびっくりしたわ」

当時、彼女は二十六歳だった。

「キミだって、ジーパン姿だっただろう？　ボクもキミが年上だとは思わなかったよ」

「あら、いくつぐらいに見えた？」

「二十二、三歳かなぁ」

「あなたの妹さんと同じぐらいの歳に見えたのね。それで助けてあげようと思ったの？」

「いや、そういうわけじゃないけど」

「でも、見ず知らずの人に五万円も貸してくれる人って、いないわよ。そのままになったらどうするつもりだったの？　本当に『お人よし』としか言いようがないわね」

「生まれつき、そういうことには無頓着なんだよ」

《もう、それ以上言ってくれるなよ……そうじゃないんだ》

僕は内心の焦りを懸命に隠して、彼女の追憶に付き合った。

彼女が、『お金を落としたって、よくわかったわね』などと言いだしたら、どう答えたらいい？

幸いにも、そこまで話が進むことはなく、あの薄緑色の封筒は、僕の心の中で、こっそり燃やしたはずだった……が、それは燃え尽きることなく、心の隅でブスブスと燻ぶり続けていたのだ。

それが、にわかに不気味な感触を露わにしたのは、それから半年後だった。そして、そのリアルな熱さが僕の意識の底を焦がし、彼女との結婚に踏み切らせたのだ。

十月下旬だというのに、初冬を思わせるような底冷えする夜だった。

付きあうようになってから、僕のねぐらは彼女の1DKのマンションになっていた。偶然にも彼女の住まいが同じ路線の二駅違いだったため、僕は、昼間は自分のアパートで仕事をし、夜になると彼女のマンションまでバイクで帰る?という生活を送っていた。

その夜、夕食の後片付けを終えた彼女は、僕の脇に座ると、

「本当のこと、知っておいてもらいたいの……」

と、ためらいながら『あのとき』の真相を語りはじめた。

当時、彼女には交際している男性がいた。その男が東京から金沢へ転勤になり、遠距離恋愛を二年ほど続けたらしい。

世の常として、遠距離恋愛は、逢えない寂しさが心の隙間をつくり、済し崩すように冷えていくというのが相場のようだ。

「久しぶりで金沢へ行ったとき、その人から、職場で好きな人ができたって聞かされたの。そのとき、本当は、それほど悔しくなかったんだ。ワタシも、離れて付きあうのに限界を感じてたから……だから、自分自身の迷いを吹っ切ろうとして、あの朝、その人のマンションを飛び出したの。でも、やっぱり気持ちが動転していたのね。カードとか貴重品を入れたポシェット

を忘れてきちゃったんだから……お金は別にしてたんだけど、それも失くしちゃうなんてね」

「その人のマンションまで戻ろうと思わなかったの？」

「あのままだったら、そうするしかなかったわね。でも、出勤しちゃっている時間だったから、勤め先へみっともない電話かけてたかもね」

「でも、もしかしたら、それでヨリが戻ってたりして」

「それはないと思う。でも、あのときは自分が情けなくて、頼りなくて、どうしょうもない気持ちだったわ。だから、あなたから声をかけられたとき、なんだか神様に助けられたような気がした」

「泣きっ面に蜂のあと、地獄で仏、というわけだ」

「なに言ってるのよ。そうじゃなくて、こんな人もいるんだなぁって、新鮮な気持ちだった」

そのあと、ミミちゃんは僕から目線をはずし、

「ワタシが小学生のとき、父親の浮気が原因で両親が離婚したのは知ってるでしょう。だから、男の人への不信感がトラウマになっていて、金沢の人とだって、なんのためらいなく、これで終わりだって気持ちだったもの。だから、あなたはワタシに、男の人を信じさせてくれるナイトだったのかもしれないわ」

照れくさそうに笑みをこぼしながらふたたび僕を見た。そして、一呼吸おいたあと、自らの

言葉を確認するように、

「そんな感じだったんだ」とダメを押した。

《こいつはまいった。もうどうしょうもないよ……》

その信頼感の重さは、そのまま、あの薄緑色の封筒の重さとなって、心にのしかかってくる。僕は、うっとりと身体をもたれかけてくるミミちゃんを力いっぱい抱きしめた。

その夜、僕はプロポーズした。

贖罪（しょくざい）の意識も、確かにあったが、それよりも、不幸な家庭に育ちながら、その暗さを自我の深部に押し込め、春の陽のように柔らかな明るさを振りまくミミちゃんに、惹かれていたのだった。


出会いから丸一年後、僕とミミちゃんは結婚し、二人が住んでいた都心から、郊外にあるこのマンションへ転居した。

引っ越しの翌日、彼女が『秘密めいてて』と言ったとき、それまで僕の心にあった、薄緑色の封筒の感触は、僕の心を抜け出して、彼女にまとわり付く『影』に変わってしまった。

その影がにわかに濃くなったのは、さらに一年後のことだった。

結婚してちょうど一年後の三月、子供が生まれた。

「ワタシ、男の子が欲しかったの。だから嬉しい」

出産のあと、病室に戻されたミミちゃんは、細い眼いっぱいに涙を滲ませながら言った。

十月十日にわたる大役を果たし、千秋楽の痛みに耐えた彼女の涙は、あらゆる歯止めを失い、後から後から自然に溢（あふ）れてくるようだ。

「ワタシね、男の子を育ててみたかったの。でも、もし女の子だったら、お腹にいるうちに楽しみがなくなっちゃいそうで……先生にも聞けなかったの。あなたはどう？」

「もちろん……」

本音を言えば、女の子が良かったのだが……だいたい出産直後の女性が、男の子・女の子とこだわるだろうか？　気にするのはむしろ夫の方で、これじゃあ、あべこべじゃないか。それに、彼女は十月十日の間、男の子が欲しいなんて、おくびにも出さなかった。

しかし僕は、嬉し涙を流すミミちゃんに、幼い頃、離婚で父親と別離してから彼女に宿った『異性へのトラウマ』の、想像以上の根深さを見たような気がした。

同時に、巡り逢ってから丸二年、彼女自身もその暮らしの中では決して意識しない心の深層部の『秘密』を、垣間（かいま）見たような気がした。

「五体満足、母子ともに健康。ボクは、それだけで十分さ」

彼女の弛緩（しかん）した心をねぎらい、自分の動揺を隠すには、こんな有体（ありてい）の言葉しか思いつかない。

そのとき看護師が、「お子さまをご覧になれますよ」と知らせて来た。

僕は、保育器に寝かされた我が息子を、ガラス越しに見た。

ミミちゃんに良く似た細面の男の子だった。濡れた薄い毛髪や、しっかりと閉じられた目のあたりのシワ、赤腫れしたような頬や首元。一時間ほど前まで、彼女のお腹に隠されていた生命が、途方もなく大きな存在感で、子猫のような小さな手を動かしている。

ただ、保育器の透明な半カバーに貼られた『美美ベビー』という、彼女の名前の下にベビーとつけただけの名札?が、父親の概念を、ほんの少しだけ薄めている。

金沢の両親と、北海道の彼女の母親に、『無事に男の子が生まれた』と連絡を入れてから、急いで病室に戻ると、彼女は、だいぶ落ち着きを取り戻していた。

病室の外には、大きなケヤキの木の森があり、芽吹き前の枯れ枝の間から、背の高いビルがいくつか見える。その背後には霞むような山の姿があり、それが春の朧な夕陽に染まっている。

遠くから、こだまのようにカラスの鳴き声が響いていた。

「実家と、キミのお母さんに連絡してきたよ。お母さんは、あした北海道から来るってさ。ボクの両親が来るのは、退院してからになりそうだ」

「ねえ」

横向きで外の暮色を見ていた彼女が呟いた。

「不思議よねぇ。あの子は、この世に誕生した瞬間、ワタシのお母さんは、おばあちゃんになっちゃったのよ。そして、あなたも、父親になったのね」

「当たり前じゃないか」

「初めての赤ちゃんて、ワタシたちを母親と父親にするだけじゃなくて、ワタシたちの親を、おばあちゃん・おじいちゃんにして、兄弟姉妹をおじちゃん・おばちゃんにしてしまうのね。あなたは、何から父親に変わったの？」

「え？　どういう意味？」

一瞬、彼女の言葉の意図がわからなかった。

「つまり、父親に変わる前のあなたは、何だったと思う？」

「……」

「ワタシね、自分が母親になって感じるんだけど、母親になる前は、やっぱり『子供』だったのよ。当たり前のようだけど、親になった瞬間、一生、子供を抱き続けるんだなぁってね」

「それはボクも同じだよ。でもボクは子供だっただけじゃなくて、キミの夫でもあった」

僕は、彼女の心の深層部にある秘密を意識し、力をこめて言った。

「そうね……そうよね」

ミミちゃんは、その事実をあらためて確認すると、さも可笑しいといった感じで、目を輝かせて含み笑いをした。

「あなた、男の子って、どうなのかしら？　つまり、女の子なら、ワタシもその意識の根元が何となくわかるんだけど、あなたは男だから、男の子のは、わかる？」

《ほら、きたきた。こいつが一番困る。わかるからこそ、女の子が欲しかったんだよ。キミが男の子を欲したようにね》

「そうだなぁ、わかるような気もするし……」

「どんな感じなの？」

「ひとことで言うのは難しいよ」

「それをあえて言えば？」

彼女は、僕に向けて視線を膠着させた。僕はその視線を避け、窓の方に顔を背けた。頭のなかを、雑駁な思いが、脈絡もなく流れていく。

「そうだなぁ……」

間を取り持とうと、曖昧に呟いたとき、不意に母親の顔が浮かびあがった。まだ自分が幼少のころ、永遠に自分を迎えてくれると信じていた、温和な面差しだった。

中学二年の時だったろうか。子供から大人へと心身の成長期に差し掛かった僕は、その母親の表情を、たえず意識のどこかに留めていた。そのころ、現実の母親からは、長男の将来に過大な期待を寄せ、ちょっとした学業成績の動きや交友関係の変化に、鋭敏な反応を示し、感情を露わにする煩わしさしか感じなくなっていた。僕はそんな母親への反発を覚えるたび、無条件に自分を迎えてくれた母親のイメージを、憧れに近いかたちで思い浮かべたものだ。

大学進学で親元を離れたとき、僕は、そのイメージだけを連れて上京した。それから約七年間、大学・社会人を通じての一人暮らしや、数人の女性との交際を経るうち、金沢から連れてきた母のイメージは、心のなかで次第に、現実の母親との住み分けができるようになった。それは、子供から大人へと脱皮した、僕自身の意識の住み分けであり、現実の母親のなかに、自分という『子供』と『男』の両者が息づいている事実の認識だった。しかし、その認識は、『子供でいられた自分に帰りたい』という憧れのような感情と、『帰れはしない』という諦めにも似た孤独感に被われている。

僕は、その孤独感の感触を、久しぶりに確かめながら言った。

「そうだなあ。男は……帰れないって感じかな……」

「帰れない？」

彼女は、僕の言葉の意味が理解できず、目元に力を込めて視線を揺らした。

「そう。だから男は、いつも、どこかに帰りたいって思ってるんだよ。それは、多分、母体じゃないかなぁ。つまり、母性だな」

「あなたは、帰りたいと思うの？」

「意識の源には、そんな願望があるんじゃないかな」

僕は、わざと曖昧に答えた。

「ワタシのところには、帰れないの？」

ミミちゃんの目に、非難の色がうっすらと滲んだ。

《ほら、だから困るんだ。真面目に答えるんじゃなかったよ》

「いいや、帰れるよ」

そう答えるしかない。僕は、早く矛先をかわしたいと思い、

「それより、女の場合はどうなんだ？　意識の源をひとことで言えば」

すると彼女は、僕から視線をはずし、暗くなりかけた窓の外をぼんやりと見た。

「そうねぇ……『ぬけだせない』かな」

「どこから？」

「やっぱり母性かな。自分自身が持っている母性かもしれない……帰れない男に、ぬけだせない女か……やっぱり男と女って、遠く離れた存在なのかな」

「なに言ってるんだ。わが子が誕生したお目出たい日の話題としては重過ぎるよ。まあ、ベビーにはヘビーすぎる話ってわけだ」

僕は意識して彼女の憂慮を茶化した。そして、

「ボクはミミちゃんとずっと同じ方向を見て歩きたいし、子供も、全責任を持って抱えるよ。これがボクの本心だ。だから、ミミちゃんと自分に、心からおめでとうって言いたい気分さ」

彼女の顔に安らかな笑みが戻った。

「ありがとう。うれしい……」

「もう一度、お子様の寝顔を拝見し、生まれてくれてありがとうって、お礼を言ってくるよ」

僕はその場を逃れ、ふたたび授乳室の保育器にいる子供をガラス越しに見た。

眠っているのか、起きているのか。時折、ピクッと手足を震わせたり、むずがゆそうに、顎を引いて首を小さくゆっくり動かす子供を見ているうちに、僕は心で呟いていた。

《キミは、本当に、小さな偶然からこの世に生を受けた。でもキミは、その偶然を、絶対的な概念として、この世に生まれ出た。だから、生まれながらにして、心にジレンマを持っているんだ。キミは男だから、一生、帰れないんだ》

すると、不意に、決意のようなものがこみあげてきた。

《その偶然は、ボクがつくってしまった。だから、キミと、キミのお母さんを、ボクは一生抱いていくよ》

偽りのない気持ちだった。彼女に宿った影を、僕は一生感じ続けるだろう。それは、僕の彼

女に対する永遠の『秘密』だ。

子供は、順調に成長し、半年ぐらいでハイハイを始め、一歳を迎えた最近では、伝い歩きするようになった。自我も発達し、全身で欲求を訴えるようになった。

満一歳の誕生日、ミミちゃんは大きなケーキと、長いロウソクを一本買ってきた。

「こんなに大きいのを買っても、食べきれないよ」

「ワタシがぜんぶ食べるからいいのよ」

彼女は、小さくほぐしたケーキを、息子の口に入れては、その十倍ほどもある塊を、たくましく自分の口にほうり込んだ。

口をクリームだらけにした息子が、不意に僕を指差して何かを母親に訴えた。

「そうですよ。あの人は、あなたのパパですよ」

ぽっちゃりとした頬に自分の頬を摺り寄せながら、彼女が言った。

《ああ、やっぱりこの子にも影は宿っている……》

けっして悲しくはなかったが、目前の母子とは、溝をはさんだ所にいる自分を見たような気がして、やりきれなかった。

これまでも、何度か感じたことだった。

子供が生まれた日の会話から、もしかしたらミミちゃんは息子を溺愛（できあい）するかもしれない、と危ぶんだが、意に反して、彼女は子供を猫可愛がりせず、母親であることを意識し、その役を演じるように、磊落（らいらく）に、楽しんで子供を育てていた。

ただ、子供をじっと見ながら、その子の瞳に向かって、そっと呟くように会話するとき、そして、抱いた我が子を、長い間うっとりした表情で見つめているとき……そんなときだけは、僕の入れない彼女の『秘密』の世界を感じ、自分が疎外（そがい）されているような、妙な孤独感を覚えるのだ。

《やっぱり男は、帰れない……》

そんな、やきもちだったのかもしれない。

数日後の夜、子供を寝かしつけたミミちゃんと、温めたミルクを飲んでいるとき、

「ほら、こんなに沈丁花の匂いがする」

カップを置いたミミちゃんは、手を伸ばして、窓を少し開けた。

夜になって風向きが変わったようだ。

昼間は四月中旬の陽気で、春分前の柔らかい陽光が注いでいたが、窓からは、三月の夜の冷気がじわっと足元に入ってくる。その冷気に乗って、香りは二階の部屋まで運ばれてくる。

ミミちゃんは、うっとりした表情で目を閉じ、鼻で大きく息を吸い込んだ。

僕は、ファンヒーターを自分の方に引き寄せた。

「でもさあ、いまだにこの香りの主がどこにあるのか、わからないだろう？」

「そうね。でも、秘密の方がいいわ」

《この季節は、この香りがするたびに、彼女の影を見そうだな》

ちょっと憂鬱な気持ちになっていると、ミミちゃんが僕を振り返った。

「ねえ、考えてみれば、ワタシたちの記念日って、ぜんぶこの季節なのね。出逢ったのも、結婚したのも、子供が生まれたのも、みんな沈丁花が香る季節だわ」

「たまたま一年周期になったんだなぁ。でもボクの誕生日は十一月だし、ミミちゃんは七月じゃないか」

しかし彼女は、その反論を意に介さず、

「この前ね、占星術の本読んでたら、あなたのサソリ座とワタシのカニ座って、とっても相性がいいんだって。この二つと、もうひとつ相性がいい星座があるんだけど、なんだかわかる？」

と、切れ長の目をグッと見開いて、僕を見透かすように言った。

ときどきこんな表情をする。そのたび僕は、母親に宥められる幼子のような安心感と、女の子に媚びられたような戸惑いを、同時に感じてしまう。

「わからないよ」

「魚座(うお)よ、ちょうどいま。だから、ワタシたち親子三人はベストマッチなんだって……いろんな記念日がこの季節なのも、ワタシたちは、この季節と相性がいいのよ。そう考えると、なんだか運命的だわね」
《それだけじゃあ、ないよ》
僕は心で否定しながらも、
《もし、それが運命的なものだったら、どんなに気が楽だろう》と思った。
そのとき、隣の部屋で子供の低い泣き声がした。
「おしっこかな？」
ミミちゃんは僕の憂慮をポイと置き捨てるように、勢いよく立ちあがった。

僕の仕事は、ようやく順調に回りだしていた。

貯金もいくらかできて、このままの状態が続けば、今年中に、仕事専用のオフィスが借りられそうだ。

五月に入ると、子供の動きも活発になって、部屋の中を駆け回るようになった。そのぶん自己主張も強くなって、休む暇もなく奇声や泣き声を発する。

取引先からの電話のときなどは、ヒヤヒヤものだ。性能の良い受話器は、隣の部屋にいる子

供の声を忠実に拾ってしまう。すると、仕事の話の前に、

「お子さんも、大きくなったでしょう?」と、所帯じみたあいさつが入る。その後に続くシリアスな話には、似つかわしくない。

それに、最近では、僕がいない間に仕事部屋へ入り込み、デスクの上の資料やらコンピュータのマウスやら手当たり次第に、引っ張り落としてしまう。

「ダメだよ」

と諫（いさ）める言葉に、彼は何の迫力も感じていないらしい。むしろ、そうすることで親の注意が自分に向かうのを喜び、『ウワォ』と誇らしげに笑うばかりだ。

子供の自我の発達に伴い、ミミちゃんと子供の会話も変化してきた。

以前は、彼女から呟くように語りかけるだけだったが、この頃では、ある種のコミュニケーションが成り立っているように感じる。

そのミミちゃんが、最近、子供に向かって言うセリフがある。

「もっともっと愛されていいのよ。持ちきれないほどの愛をもらい、大きくなって、それを人に分けてあげなさい」

実に感銘深い文句だ。

「そんなこと言ったって、わかりゃしないよ」

僕が揶揄すると、

「ううん、ちゃんとわかってるわ。ほら、こんなにしっかりした目で聞いてるじゃない」

「理解不能な文句に、キョトンとしているようにしか見えないけど」

「ダメダメ、子供はちゃんとわかってるのよ。だからあなたも、もっといっぱい愛してあげてね」

《愛しているとも。ボクは自分を懸命にたきつけ、どんなに苦しくても、決して逃げずに、キミたちを守っていく》

やはり僕は、ミミちゃんとその子供にまとわりつく影を見てしまう。

それは、二人が寄り添うように寝ている姿を見るとき、二人の存在を支える大きな影となって、やすらかな姿をすっぽりと包んでいる。

窓辺にあふれる初夏の光のなか、壁にもたれ、髪を前にたらし、ゆっくりと肩で寝息をくりかえす彼女と、その膝の上で、何の不安もなく、半開きの口で眠る子供を見るときなど、影はいよいよ濃くなる。

つい先日、子供を膝に置いた彼女に、

「もっといっぱい愛してって言われても、具体性がないなぁ」

とぼやいた。するとミミちゃんはちょっと考えて、

「子供に感謝することかしら」

そして子供の柔らかい頬をトントンと軽く叩き、「そうよねぇ、キミは感謝されるのよねぇ」と自分の答えを確認するように語りかけた。

「感謝か。それなら、この子が生まれた日にもしたし、それからもしてるよ」

僕は彼女から視線をはずし、窓辺に溢れる初夏の陽射しを見た。

「そうね、あなたはしてるわね」

ミミちゃんはにこやかな目でこちらを向き、

「ワタシ思うんだけど、子供って親が何も望んじゃあいけないのよ。だって、生まれただけで、こんなに親をハッピーにしてくれたんだもの、それだけで十分。だから、親の期待を背負わすなんてナンセンス。ただただ感謝して、いっぱい愛してやればいいのよ」

《なるほど、そんなもんかなぁ》

「でも、ただ愛するだけじゃダメだろう？　やっぱり子供は教育していかなきゃならないしね」

「何のために？」

「そりゃあ、社会人として恥ずかしくない人間に育てるのは、親の義務だよ」

すると彼女は不意に悲しげな表情をした。

「そんな義務感、持たないで欲しいな。義務感なんて言葉は大嫌い。義務があるから子供を育てるわけじゃあないでしょう？」

「そうだけど……」

「この前、新聞に出ていたんだけど、子供の教育に関してあれこれ項目を挙げて、これを家庭と学校のどちらでやるべきかってアンケート調査の結果なのね。ワタシ、ぜんぶの項目をみて、これはぜんぶ家庭でやるのが当たり前だって思ったの。でも調査結果では、そのうちの三割くらいの項目に関しては、学校だって答えた親が多かったんだって……ワタシ、子供は親の生きかたを見て育つと思うし、親が、自分のできないことを子に望んだって、まして、学校で教えたって、ぜったいに伝わらないと思う」

そのあと、彼女は急にやさしい眼で僕を見て、

「だから、あなたには、あなたの生き方をして欲しいし、あなたの価値観に自信を持って、子供といっぱい話をしてあげて欲しいの」

僕の心は、その目線に追い詰められてしまった。

《生きかたと言ったって、自分の生きかたは、果たしてどんなものだろう？　いま、子供がここに在る根本には、自分が一生抱き続ける秘密がある……》

僕は、心のわだかまりを隠し、「そうだね」と曖昧に答えた。

まったく、ミミちゃんの子育ての考えには、感心させられる。

数日後、彼女が『義務』にこだわる理由を何げなく聞くと、「いつだったかしら……」と記

憶をまさぐり、

「たしか、小学校五年の夏休みだったと思うんだけど……離婚した父に会う機会があったのよ。多分、母が養育費のことか何かで不満があって、それで会ったと思うんだけど、そのとき、父が『義務はちゃんと果たしている』って言ってたのを覚えてるの。バカな父親よね。小学校の高学年にもなれば、だいたいの事情の察しがつくわ。ワタシが話をしたいときにいなくて、それで義務を果たしているなんて、とってもイヤな言葉に思えたのよ」

彼女は、彼女で、自らの育ちと、一生懸命戦っているのだろう。

《でもキミは、もしかしたら、自分に欠けていたモノを、この子に背負わせているのかもしれないよ》

僕は、そんな思いをグッと飲み込み、笑顔でミミちゃんを見るしかなかった。


梅雨が明けると、夜が虚ろに重くなった。

子供は自我をますます発揮するようになった。片言に『パッパ』と僕を呼ぶようになり、好奇心も旺盛になってきた。

最近、ミミちゃんと子供を見ていると、父親なんて、本当に必要なのかな?と思うことがある。

それを冗談ぽくミミちゃんに言うと、

「なに言ってるのよ！」

と一喝（いっかつ）された。

「でもさぁ、何があっても、最後はキミにすがるじゃないか。喜んでも、しかられても、驚いても、不満があっても、欲求があっても、とにかく、母親の庇護を求めてすがりつくんだ。父親の存在感なんかまるでないよ」

「そんなことないわ。あなたの存在があるから、安心してワタシにすがれるのよ。この子がもう少し成長したら、心から父親を必要にするわ。そのときになって、父親の真価が試されるんじゃないのかな？」

「母親と父親では、自（おの）ずと役割が違うってことかな」

「当然よ。男と女では、子供を支えている部分が違うのよ。だから、どんなに女性が社会進出しようが、男女平等になろうが、役割の違いはあるのよ。それを自覚できない人が多いのよね」

《たいしたもんだよな》僕はミミちゃんの価値観に舌を巻く。

そうかと思えば、彼女は、ときどき、ドキッとすることを平気で言う。

昨夜、オムツを替えるとき、彼女は、下半身を丸出しにした子供を立たせ、

「なんて、可愛いチンチンなの」

ミミちゃんは華奢で柔らかい指先で、子供の下半身をつまんだ。

《ふ〜ん、女の好奇心か》

僕は最初、ほほえましくその光景を見ていたが、彼女は不意に子供の小さな腰を引き寄せ、「食べちゃうぞぉ！」と顔を寄せた。

さすがに、それには肝を冷やした。

「おいおい、過激なこと言うなよ」

僕が諫めると、

「ねえ、女のワタシが、男を産むなんて、不思議よね」

こちらを向いた彼女の目は、不気味に艶っぽい。できの良い母親と、妖艶な女が、違和感なく同居している。子供は、下半身を弄ばれたむず痒さに、キャッキャッとはしゃいでいる。そのはしゃぐ表情が、幼児ではなく『少年』のように見えたのは、気のせいだろうか。

それでも、数時間おきぐらいに眠る姿は、一年前の、うつ伏せでやっと首を上げはじめたころの、乳臭く、痛々しいほどにピュアな肌をした表情のままだ。

翌日の午後、居間でミミちゃんと子供が寄り添って眠っている姿を見たとき、僕はいつもの影を感じた。しかし、その日の影は、奇妙な孤独感を引き連れていた。

僕は弱気の自分を懸命に立て直そうと、心で息子に語りかけた。

《キミは、いつかこの庇護から抜け出てしまう。そして、キミは一生涯、ここへは帰ってこら

れない》
そのとき突然、『女はぬけだせない』という彼女の言葉が脳裏に蘇った。
《もしキミが女の子なら、自分が持ってる母性で、自分自身を包むことができるかもしれないな。そうか、だから女はぬけだせないのか。自分が持つ母性からぬけだせないんだ》
勝手にそう解釈すると、ジレンマが失せたように、自分の存在感が露わになった。
《キミのお母さんは、義務感は持つなって言ったけど、ボクはやっぱり義務感を強く持ってるよ。それは義務感というより、使命感かもしれない。キミという人間がこの世に誕生する源には、ボクの秘密がある。秘密がある限り、ボクの使命感は、果てることがない》
露わになった存在感は、達観にも似た淀みのない思いに包まれていた。
《父親なんて、子供が生まれたからって、自然になれるもんじゃあない。意識して、父親を演じ、そのうちに、だんだん父親になっていくんだろうな》
僕は自宅で仕事をしているため、母子のふれあいをいつも傍らに感じていることができる。しかし、外に勤めを持つ父親たちは、こうしたふれあいの大半を見ないでいるはずだ。すると、多くの男たちは、こんなことを考えることなく父親になっていくのだろうか？　ある面で、それはうらやましくも感じられた。

マンションを囲む住宅地の庭木が、蝉の声で埋まる季節になった。

このごろ僕は、《秘密があるのは、ある意味で、とても良いことなんじゃないかな》と思うようになってきた。

ミミちゃんから、『あなたは、ワタシが思って通りの人だわ』などと言われると、最初の頃は、《いや、そんなんじゃないんだ》と、彼女にまとわり付く影に怯えたものだ。

でも最近では、罪悪感があったからこそ、演じられた役だと感じる。

育児は、本当に我慢の積み重ねだ。

ミミちゃんの言うように、『ただひたすら感謝し、愛する』と、理屈はわかっていても、煩わしいときや、邪険にしたくなることは毎日と言っていいほどある。

そんなときでも、僕が彼女の脳裏に創られた『父親』を演じられるのは、やはり、彼女と、その子供に、影を見てしまうからだ。

もし、それがなかったら、僕は世の多くの男性のように、親になった本能に縛られ、かといってそれには気づくことなく、仕合せを感じていたか……それとも、けっきょく親にはなれず、自身の『男』に弄ばれながら、逃げ惑っていたか？

でも、ほんとうにたまにだが、得体の知れない苛立ちに、戸惑うこともある。

つい先日、親子三人で近所へ買い物に出たときである。

夏至を過ぎたばかりの陽は、夕刻になっても強靭さを失わない。サンダルを引っ掛けたミミちゃんは、僕が押すベビーカーの日除けをさかんに気にし、正面から太陽光を受けるときなど、タオルを子供の顔の前にかざしながら、覚束(おぼつか)ない足どりでベビーカーと歩調をあわせた。

数分歩くと、住宅街と商店街を隔てた道に出る。メインの大通りに面したオモチャ屋の大きなショーウィンドウで、模型の機関車が楕円形に組まれたレールの上を走っていた。

子供が、その動きに興味を示した。僕は、わが息子が機関車を見やすいように、ベビーカーをショーウィンドウにピッタリつけた。子供は、SLの形をした機関車の動きを喜び、ベビーカーのステップに立ちあがると、全身を揺すって歓声を発した。

「ほ〜ら機関車よ。面白いわねぇ」

ミミちゃんは、立ち上がろうとする子供を支え、頬を寄せて、喜びを共感している。SLの正面には、マンガチックな顔がペイントされている。

「がんばってるわねぇ、あんなに、客車を引っ張ってる！」

彼女が語りかけるたび、子供は大きく身体をそらせ、満面の笑みを浮かべる。はじめのうちは、五台の貨車を従えた機関車が、目前のレールまでやってくるたび、「うー！」と声を発して片手を大きく振っていたが、ミミちゃんがそのたび「汽車よ。汽車」と教えると、何回目かには「シャ！　シャ！」と舌をかみそうな声で言い、ヨダレを撒き散らした。

「そうよ、汽車よ。よく覚えたわね。ほら、シャッシャよね」

ミミちゃんは息子の顔へ自分の頬を摺り寄せ、大喜びだった。

その機関車を見ているうちに、僕はしだいに苛立ってきた。周回軌道をグルグル回る機関車は、しょせん傍(はた)からの電気で動いているに過ぎない。それなのに、なんであんな誇らしげに、走っているのか。スイッチを切った瞬間、止まってしまうというのに……操(あやつ)られていることも知らず、五台の貨車を率いて何周も何周も一生懸命軌道を走る機関車が、とても傲慢(ごうまん)に、そして、哀れに見えたのだった。


蒸し暑い夜だった。

遠くの車の音も、夜の重さに負けて生彩がない。夜半、急ぎの仕事に追われていると、仕事部屋のすぐ下にある隣家の庭で、ときおり、夜の重さに耐えかねたように、ハタンキョウの実が落ちた。バサバサと枝や葉を揺らし、夜の帳に沈んだ路面にボトッと落ちる。一瞬、その音に緊張すると、夜は、前よりも重く深く、シンと静まり返る。

ミミちゃんと子供は、風呂に入っていた。

コーヒーでも入れようかと、ダイニングキッチンへ行くと、テーブルの上に、小さな買い物袋が投げ出されているのが目に止まった。

何げなく中を見て、愕然としてしまった。

まさに、あのときとまったく同じ、薄緑色の封筒だ。それも、新品の束が入っている。足から力が抜けていくような気がした。

僕は、ダイニングキッチンの椅子に尻を落とし、薄緑の封筒の束を手に持って、じっと見つめた。

《もしかしたら、知ってるのかも……いや、そんなはずないけど……》

そのとき不意に後から声がした。

「あら、どうしたの？」

裸の子供を大切そうに抱きかかえ、バスタオルを巻いたミミちゃんが、立っていた。

「いや……別に……コーヒーでも入れようと思ってさ」

彼女は、僕が手にしている封筒に目をとめた。

「ほら、今月の請求書を送るのにね、封筒がなかったから、今日買っておいたの。色が幼稚だったかな。ちょっと、抱いててくれる？」

そう言って僕に子供を手渡すと、自分の濡れた髪を拭いに洗面所へ行った。

子供は、母親から離された不安か、それとも、喉が渇いて水分を要求するのか、僕の手の中で大きく身体（からだ）をそらせ、泣き始めた。僕は、茫然としながら、隣の寝室に用意されたベビータオルの上に子供を置いた。洗面所から戻ったミミちゃんは、急いでパジャマを着ると、泣き叫ぶ子供の身体をタオルで拭った。

その仕草を見ているうちに、探りを入れたい衝動が突き上げてきた。

「あのさあ……あの薄緑色の封筒だけどね……」

「ちょっと色が変だった？」

拭く手を休めて、振り返った彼女の視線は、心なしか、意味ありげな光がある。

《やっぱり、色にこだわってる……》

僕は、自分の心にしっかり鎧を着せて、聞いた。

「ボクたちが、はじめて出逢ったときだけど……」

「どうしたの、急に？」

「いや、あのとき、キミがお金を落としたおかげで、知り合えたんだなぁって、あらためて思い出したのさ」

ミミちゃんの表情に、怪訝そうな、そして憂鬱そうな色が滲んだ。

《こりゃあ、どうも知ってるな》

「あのとき……そうね……」

何かを言いかけたが、あとの言葉は、奇声に変わった。

「キャ〜！　やだ〜！　この子、オシッコしちゃった！」

わが息子は、泣きながら、天に向かってピューと小便を吹きあげた。

この中断は、神の救いか、悪魔のいたずらか……

「ダメダメ、ちょっと、タオル持って来て！」

その噴水は、押さえつけようとしたタオルの脇をかいくぐり、ミミちゃん腕を容赦なく濡らした。

「あ〜あ、もう一度お風呂に入らなきゃ」

彼女は子供を邪険に抱いて、風呂場に立った。

《どうしようかなぁ》

シャワーの音を聞きながら、僕は思案した。『もう時効だ』という思い、『いやいやこれは一生の秘密だ』という思い、そのふたつが暗闘している。その緊張感も束の間、風呂場から戻ったミミちゃんと目が合った瞬間、二人とも吹き出してしまった。

「ああ、可笑しい。こんなにまともにかけられたの初めてよ！」

ミミちゃんはケラケラと笑いながら、わが子の柔らかな身体をていねいに拭うと、キッチンから哺乳瓶に入れた湯冷ましを持ってきて飲ませた。息子が満足そうにそれを飲みはじめると、ミミちゃんの笑顔が先ほどの憂慮に変わった。

《いよいよ、くるぞ！》

僕は身構えた。

「あのときね……」

ミミちゃんは、当時を追憶するように、一瞬、茫洋とした視線を虚空に投げた。

「キミが、お金を落としたときだろう？」

「ええ……」

彼女は、ちょっとためらい、

「もういいかな……」

と自分の迷いを踏ん切り、

「怒らないでね。約束して」

「何でボクが怒るんだい？」

「本当はね、お金落としてなかったの。カードと一緒のポシェットにしまったのを忘れてたのよ。あとで、それを送ってもらったら、その中に入ってた……」

「え〜それじゃあ、あの封筒は？」

「え？　何のこと？」

《お〜い、そりゃ、ないよぉ。どうなってるんだぁ？》

「ワタシ、ずっとそれが引っかかっていたの。あなたが、あんまり親切で優しいから、言い出せなくなっちゃって……まぬけよねぇ。本当のこと言うと、ポシェットを送ってもらったとき、手紙も入ってたの。もう一度やり直せないかって……でも、カード入れにお金が入ってるの見つけたとき、ぜんぶ吹っ切れちゃったわ。こんなまぬけで、どうしようもない自分でも、助けてくれた人がいるって……だから、あなたには、いつまでも、あなたらしくいて欲しいと思ったし、それを自分がお手伝いできたらって、信じられないくらい、あなたのことを好きになってたの」

僕は、自分を形づくっていたDNAが一瞬にして消えうせ、どろどろと溶けてしまうような、虚脱感に襲われた。

「怒らないでね……」

ミミちゃんは、もう一度、あの妖艶なまなざしで、懇願する。

意識が、茫漠(ぼうばく)とした世界の淀(よど)みに落ちている。

でも、形を失った意識の外で、不思議と冷静な、もう一人の自我がある。

《怒るわけないよ……ボクが怒るわけがない……もう少しすれば、気の利いた言葉のひとつも、出るはず……ボクは、いまさら変わりようがないじゃないか。大丈夫。大丈夫》

それに続いて、

《でも、あの封筒の落とし主は、誰なんだ？》

という思いが、チクッとした新たな痛みを伴って浮かんできた。

そのときである。

子供が哺乳瓶を邪険に投げ出し、腹にかけてあったタオルを剥いで起きあがった。そして、両手を頭のうえで振りながら、裸で寝室を走り回りはじめた。

弾かれたように立ちあがったミミちゃんは、わが息子を追いかける。

子供は、裸になった嬉しさを満面にたたえ、オウオウと叫び声を上げ、勢いよくかけ廻る。

母親は、バスタオルを持って追いかける。

やがて子供は、壁の隅に追いつめられ、そこで、妖精のように、素直で神妙なまなざしで、こちらを見つめた。

母親は、わが子を素早くバスタオルで包み、抱き上げた。

秘密を隠すように……。

《了》

（注）最後の描写は、千家元麿氏の詩「秘密」にヒントをいただきました。

御伽夜想（おとぎやそう）

一

台所の饐（す）えた壁に這いつくばっていたゴキブリを、母親の苗子（なえこ）が丸めた新聞紙で叩きつぶしたとき、十歳になったばかりの次男・祐司（ゆうじ）がヒクヒクとしゃくりあげた。

その夜が、祖母・禎江（よしえ）の通夜の夜であったためか、それとも、川向こうの工場が火事で焼け落ちる火柱に怯（おび）えたのかはわからない。

千曲川に沿った東信濃の盆地に、晩春の突風が吹き荒れる夜であった。

虚空からゴウッと風が湧くたび、火事の火柱は不気味な生命感を帯びて、狂ったように紅蓮(ぐれん)の炎を揺らし、吐瀉物のような火の粉を漆黒の夜空に吐き出している。

何年振りかという大火の炎に、棒立ちになって雁首を並べる通夜に集まった人々の顔が、まるで地獄火に焼かれる死者のように、不吉な幽玄(ゆうげん)さで夜の帳(とばり)にゆらゆらと赤く揺らめいている。

昭和五十四年、五月下旬の夜であった。

「お禎(よし)さんは、たしか七十二歳になったばかりだったなぁ。死ぬにはちょっと早すぎる歳だ……でもよ、さすがにお禎(よし)さんだよ。ただじゃあ死ななかった。ありゃあ、お禎さんの呼んだ火事にちげえねえ……」

今年で七十五歳を数える駄菓子屋の宗助(そうすけ)じいさんが、酔いに任せてブツブツと呟(つぶや)いた。

「お禎(よし)さんぐれえ、気丈な人はいなかった。最後は気力で生きてたようなもんだからなぁ」

そのとき鈍い爆発音が響き、新たな火柱が炎を破って暗い虚空に突き上げた。一瞬、宗助じいさんは息を飲んだが、すぐに「おらぁ、そう思う」と神妙にうつむいた。

「うちの人、大丈夫かや……わたし心配だわ」

苗子(なえこ)は割烹着の胸に嗚咽する祐司(ゆうじ)を抱きながら、鎮火に飛び出していった夫・信一郎(しんいちろう)の安否をしきりに気遣っている。

「お義姉(ねえ)さん、大丈夫よ。お義兄(にい)さんだって二人の子持ちだもの、無茶はしないわよ……」

苗子の隣で、信一郎の弟である克治の嫁の貴美恵が、しきりに慰めていた。

長男である信一郎が家職の米問屋を継いだため、次男の克治は東京に出て勤めている。未明の『母死去』の急報で、妻の貴美恵と十一歳になる息子の幸雄を伴い、午前中の特急電車でこの信濃の盆地の町へと駆けつけた。その克治も、鎮火に行った兄を気遣ってか、親戚や近所の面々にまじり、暗然とした顔に焔の色を映し、無言でつっ立っている。

工場の骨組みが焼け落ちる音、消防団や野次馬の叫喚が、風の微妙な移ろいに、時として遠く虚ろに、そして突如として間近に鋭く聞こえる。

風は、背後の山脈を嘗めて、一握りの盆地に吹きおろす南からの山風であった。

「大丈夫かや。こっちにまで火がまわって来ねえだずか」

誰かが心配そうに呟いた。

「大丈夫だぁ。間に川もあるし、風も逆向きだぁ！」

その不安を拭うように空元気な声が応えた。

「義姉さん、大丈夫だよ。それに火も鎮まりはじめているじゃないか。しばらくすれば兄さんも帰ってくるよ」

信一郎の妹である和美が苗子を慰めた。しかしその和美も、十二歳になる息子・友樹と四歳年下の娘・美智子の手をしっかり握りしめていた。

死んだ禎江には五人の子供がいた。

長男の信一郎を頭に、克治、亮三の三人の息子、克治と亮三の間に和美と珠代の二女をもうけている。末っ子の亮三を除いた四人はすでに身をかため、東京に出ている克治と、隣県に嫁いだ珠代のほかは、近くの市町に住んでいる。それぞれに子をもうけ、信一郎には祥一と祐司の二人息子、克治には一人息子の幸雄、和美には友樹と美智子の息子と娘、珠代には淑子という七歳の娘がいる。


「さあ、子供たちはもう家の中へ入っていろ」

祐司を胸からおろした苗子は子供たちを急きたてた。

十四歳になる祥一が、最年長の貫禄を見せ、半ベソをかく弟の祐司を宥めながら、六人の子供たちの先頭に立った。

「祥ちゃん、ノド渇いた」

台所の脇を通るとき、幸雄が祥一の服の裾を引っぱった。

「幸ちゃん何がいい？　ジュースか？」

「うん、ジュース」

「オラも、ジュース」

幸雄をまねて友樹もジュースをねだった。

「なんだ友樹ちゃんもか……祐司はどうだ？　美智子ちゃんと淑子ちゃんは？」

祥一が従兄弟を見まわすと、みな一様に「うん」と頷いた。

台所には、宗助じいさんの末娘・民子（たみこ）が、割烹着姿で北側の窓枠に手をかけ、火事の光景を見ていた。ガスコンロの上では鍋が煮え、昆布と醤油のまじった甘酸っぱいにおいが、部屋に充満した湿気の中に漂っている。

宗助じいさんには三人の娘がある。末子の民子は三十路も半ばに差しかかる歳である。一度は二十六歳で結婚したが、子供に恵まれず、夫や嫁ぎ先の親との折り合いも悪く、三年で離婚した。そのとき、姉二人はすでに他の市町へ嫁ぎ、実家には老いた親が二人きりだった。民子が実家に戻った年に母が亡くなり、それ以来、再婚もせずに家業の駄菓子屋を手伝いながら、連れ合いをなくした父・宗助の面倒を見ている。おっとりした性格で、面倒見もよく、祥一や祐司も『民おばちゃん』となついている。

子供たちの様子に気づいた民子は、穏やかに笑んだ。

「おや、どうした。みなそろって。ハラでも減ったか？」

「ジュースが飲みてぇんだって」

祥一の言葉に、民子は子供たちを見回し、

「みんなか？」

「オレはいらねえけど、ほかのみんなは飲みてえって」

ハイハイと愛想をつくった民子は、子供たちを食卓のまわりに座らせ、コップを配ってオレンジジュースをついでまわった。つい先ほどまで泣きじゃくっていた祐司は、ジュースで喉を潤すと、いつものひょうきんな表情に戻った。十歳になったばかりの祐司にとって、祖母の死の悼みより、従兄弟が集まった喜びのほうが勝っているようである。

祥一は、ジュースを飲む従兄弟たちを尻目に、隣の居間と奥の座敷をぶち抜いて設えられた通夜膳の空間へ足を忍ばせた。

座敷の奥には花で飾られた白木の棺が置かれ、背後に組まれた壇の最上部に祖母の遺影があった。緊迫した半鐘が鳴る直前まで、親戚やら隣組やら多くの人が屯し、酒宴に沸いていた座敷は、不思議な静けさを取り戻している。忌中の膳が乱れ、酒瓶が畳の上に散乱していた。その間を縫って祖母の遺影に近づいたとき、祥一は思わず息をのんだ。

外の喧騒を超越したように、まっすぐ立ちのぼる蝋燭の炎に映しだされた遺影が、あまりにも淀みがなく静寂に感じられたからであった。

その静けさに奇妙な恐怖感を抱いたとき、庭に面した座敷の縁側に人の気配がした。誰もいないと思っていた祥一は、ギクッとして縁側を振り向いた。

薄暗い縁側には、胡坐をかいて柱にもたれる叔父の亮三がいた。

亮三は、手にしたコップに一升瓶から酒を注ぐと、一気に飲み干し、そのあと大きな溜め息をひとつ漏らした。そして空のコップを乱暴に盆へ戻すと、放心したように肩を落とし、大きな咳払いを数回響かせ、庭へ痰を吐いた。

今日の早朝、祖母が死去してから、この叔父はずっと酒を飲み続けている。

父母の話から察するに、年齢はすでに三十の半ばを過ぎているらしいが、結婚もせず、独りで隣市のアパートに暮らしている。この叔父がどんな仕事をしているのか、祥一にはわからなかった。ただ、生前の祖母が、叔父と顔を合わせるたび、『嫁をもらえ。ちゃんとした職に就け』と小言をこぼしていたことから、叔父の気ままな生活ぶりは、漠然と想像できた。しかし祥一は、毎月決まったように実家へやって来る叔父を、いつも心待ちにしていた。

来るたび、本や菓子やオモチャなどの土産を忘れなかったし、忙しい父母に代わって近くの山や川へも連れて行ってくれる。中でも一番の楽しみは映画であった。隣市の映画館でマンガ映画が上映されるときは、きまってチケットを持参し、二人を連れ出してくれた。しかも、映画のあとは決まったようにレストランへ寄り、スパゲッティやハンバーグ、チョコレートパフェ、バナナジュースなど、何でも好きなものを食べさせてくれた。

しかし今回の叔父は、祖母の死に際を看取ると、いきなり酒を飲みはじめ、それからずっと飲み続けている。

叔父がまた一口酒をあおり、唸るように吐息した。

祥一は、いけないものを見てしまったような気がし、慌てて台所へ逃げた。

二

しばらくすると、火事もおさまったのか、外にいた者が戻ってきた。

「本当にでけえ火事だ。オラ、あんな火事見るのは戦時中以来のことだ」

宗助じいさんが頻りに唸っている。

「戦時中はこのあたりも焼けたの？」

隣にいた和美が聞いた。

「いや、このあたりは焼けなかったが、隣町の工場に焼夷弾が落ちてなぁ。そりゃあ、凄えもんだった。オラ、屋根せえ登って見たが、今夜のように空が真っ赤でなぁ。オメエはそんときにゃあまだ乳飲み子で、お禎さんにおぶさっていたが、大泣きしてただよ……もっとも、覚えちゃいまいがな……」

一瞬、歯が欠けた口を開いたまま、ぼんやりと遺影を見た宗助じいさんは、ふいに神妙な面

持ちに戻り、

「そのオメエがもう子持ちになって、お禎さんも仏になっちまって……あれから何年になるだかや」

目を細めた宗助じいさんは、顔のシワの襞を一枚一枚押し広げるように手のひらで顔中を撫でまわし、「まあ……」と、何かを口ごもったが、次の言葉は、遺影に据えたまなざしのなかで、カタチにならない陽炎のように消えていった。

酒が進むと、宗助じいさんの口は軽くなった。喪主である信一郎の不在で、ともすればシラケ気味な忌中膳の面々に、宗助じいさんの弁舌は、容赦なく絡みついた。

「のお、克坊……」

四十三歳になる次男の克治を、じいさんは子供あつかいに呼ぶ。

「長男の信坊がおらんのだから、こんなときぐれえは次男のオメエがしっかりしなくちゃいけねえ。それに亮坊もそうだ。一人で飲んでばっかりじゃいけねえ。こっちへ来い。オメエはお禎さんにしてみれば、一番の心配種だったからな。お禎さんは、オメエがいつまでも身をかためねえもんだから、そのことを気に病んでただよ……いまからでも遅くはねえ。早く嫁さんももらって、お禎さんの霊を安心させてやれ……それが、オメエの一番の供養ってもんだ」

しかし亮三は宗助を相手にせず、一升瓶を抱え、コップ酒を重ねた。

「信一郎さん、今夜は戻って来れるかね？」

そんな声が聞こえる。じいさんはそれを聞きとがめ、「そんなこと、当たりめえのこった！」と怒鳴り返す。そのとき煮物を運んできた宗助の娘の民子が、目の据わった父を諭した。

「それでも、消防団はよ、火事の晩は寝ずの番だからな」

すると、じいさんは手にした猪口の酒を乱暴に口へ放りこみ、民子を睨みつけた。

「オメエ、いくらそうだって、こんな晩ぐれえは帰してもらえるに決まっているじゃねえか。信坊が帰してもらえねえっていうなら、オラが団長に掛け合ってくるだ！」

「父ちゃん、なに言ってるだ。その団長が信一郎さんだから、みんな心配しているだよ」

民子は憮然とした表情で、酩酊した父を睨んだ。

「な〜に。でえじょうぶだ……」

娘の視線を避けたじいさんは、「つげや」と、娘に猪口を差し出した。

「ところで、善吉さんは、どうしただ？」

民子につがれた酒をちびりとなめたじいさんは、今度は禎江の亭主へと矛先を変えた。

善吉は宗助より一歳下の七十四歳であった。四年ほど前に貧血で倒れて以来、自ら脳溢血と思い込み、寝てばかりの生活を送っている。

ところが、身体はいたって健康で、そんな人間が寝てばかりでいられるわけがない。昼間は散歩と称して近所を満遍なく闊歩し、夜ともなれば、テレビを見呆けているか、そうでなければ奇声を発して長唄の稽古をしたりと、そんな毎日であった。

　その善吉も、昨年ごろから認知症の様相を見せはじめ、一ヵ月ほど前、禎江が医者から見離されて三ヵ月振りに家に戻ったときも、『オメエ、どこ行ってただ？』と聞く始末である。

「善吉さんなら、自分の部屋で寝てるよ」

　民子が、散乱した徳利を集めながら応えた。

「ありゃあ、もうダメだ」

　じいさんは顔をしかめて首を振った。善吉とは幼馴染みでもあり、青年時代や戦前・戦後の混乱期を通じ、その放蕩ぶりをずっと見てきた宗助は、容赦なく罵倒する。

「もう頭がボケてて、話になんねえ。オラより若いのによ。自分を病人だと思い込みやがって……若え時分から働くのが嫌えで、お禎さんもずいぶん苦労させられたからな……まだボケる歳でもねえのにバチが当たっただよ。あれで三度のオマンマは人並みに食うってんだから、まったく話にゃあなんねえ」

「父ちゃん、やめなってば……」

　民子は台所の苗子を気づかい、父親の暴言を諫めた。しかし、じいさんはそれに構わず、

「なに、聞こえたってかまわねえ。オラは本当のことを言ってるだからな。オラ、お禎さんが

仏になったからって言うわけじゃあねえが、この家はお禎さんのおかげでもってきたようなもんだ。お禎さんは、この家へ嫁に来たときから、苦労のしっぱなしだ。嫁いできたのだって、善吉さんが道楽者だったから、親戚の者がよぉ、嫁でも貰えば落ち着くかも知れねえって浅はかな知恵出してよ、無理やり宛がわれたようなもんだ。そりゃあ、宛がわれたお禎さんも哀れだがよぉ……ここの親にしてみりゃあ、せっかく築いた身代を善吉さんに食い潰されちゃあ、かなわねえっていうんで、そりゃあもう、必死の策だっただからな。この家がいまあるのは、お禎さんのお陰って言ったって、大袈裟じゃあねえ」

宗助じいさんは、猪口を口に投げ込むように酒を飲んだ。飲んでから不意に声を潜め、

「本当に、ご苦労なこった……亭主での苦労も、姑での苦労も人一倍だった……本当に、ご苦労なこった」

じいさんは暗く沈んだ庭を悄然と見た。

「しかし……姑で苦労したはずのお禎さんも、ここの嫁にゃあ、あんまりいい姑じゃあなかったなぁ」

独り言であった。しかしその呟きは、じいさんの我を離れ、周囲の人の鼓膜を針のように刺したあと、再びじいさんに戻って来た。戻った言葉は、すでにじいさんの独り言ではなくなっていた。その違和感を酩酊した意識に感じたのか、じいさんはあわてて「いや、仏の悪口は言

うまい」と自戒し、気が抜けたように酒をなめた。民子は空の徳利を集め、「まったく、困ったもんだ」と父親を捨ておき、そそくさと台所へ戻った。

やがて、宗助じいさんの言葉どおり、信一郎が戻ってきた。

消防団の法被をぐっしょり濡らした信一郎は、汗の臭いと、きな臭い空気を全身に纏っていた。いつもなら、あれこれと火事の様子を聞きたがる人々も、忌中の膳を憚ってか、「ご苦労さん」とか「お疲れさま」と小声でねぎらうばかり。妻の苗子だけが、信一郎の着替えを手伝いながら、「どうだった？」とひとこと声をかけた。

信一郎は暗然とした表情で「うん」と頷いた。

「工場裏にある酒屋のばあさんが腰ぬかしてな……仏壇の前で念仏を唱えてたから、俺が担ぎ上げて外へ運びだした。焼けたのは工場だけだったが、あの工場には溶接に使う液体酸素のボンベや石油のドラム缶があったから、それを運び出すのに苦労した」

表情には深い疲労がへばりついている。しかし信一郎は着替えを済ますと、座敷の喪主の座に腰を据え、苗子の酌でコップ酒をあおった。

「オラ……やっぱりお禎さんが呼んだ火事だと思うな……」

宗助じいさんが、覚束ない口ぶりで、先ほどと同じことをつぶやいた。

一瞬それを睨んだ信一郎は、「なんだ、ありゃ?」と、呆れた面持ちで、空になったコップを苗子の前に差し出したが、苗子はそれに気づかず、虚ろな視線を膳のうえに落とし、放心したように動かなかった。

この膳に居並ぶ面々のなかで、宗助じいさんの呟きを、酔った年寄りの戯言(ざれごと)と笑った者が何人いただろうか。それほど、死んだ禎江(よしえ)の気丈さは、集まった者の肝(きも)に染(し)みている。

ことに苗子にとって、義母(はは)は、少なくとも三度は死んだはずの人であった。

禎江が他界したのは、その日の明け方のことである。しかしそれ以前にも三度(みたび)、禎江は生死の境をさまよった。黄泉(よみ)と俗界の路(みち)を三回も往復した義母の気力や生命力に、苗子は、背筋が冷たくなるような凄味を感じるのである。

三

最初に禎江が幽明(ゆうめい)の往還をたどったのは、四年前のことである。夏を思わせる陽が注ぐ休日の午後であった。

禎江は、数日前から風邪をひきこみ、高熱を出していたが、その日の朝になってようやく熱が下がり、昼食は家人と同じものが食べられるようになっていた。

太陽が高度を上げるにしたがって気温が急上昇した。食器を洗う苗子の耳に、夏日になったと伝える昼のＴＶニュースが聞こえ、その音声に、奥の部屋から自分を呼ぶ禎江の声がかぶさった。あわてて手を拭った苗子は、禎江と善吉が食事をしている部屋に行った。

「なんですか？」

「ああ、膳を下げてくれや」

禎江は浮腫んだ顔に汗を滲ませていた。禎江の膳はきれいに平らげられていたが、その隣では、善吉が背を丸め、茶碗を持ったまま口を動かしている。

「もういいですか？」

「ああ、もういい」

そう言ってお茶をひとくち飲んだ禎江は、隣の善吉に「いつまで食っているだ！」と罵声を浴びせた。しかし善吉は禎江を無視し、不器用な箸使いで、黙々と煮魚から身を啄ばんでは口に運んでいる。次の瞬間、皮膚がたるんだ善吉の腕を、ふくよかな禎江の手がピシャリとたたき、たたきざま、箸を乱暴に奪った。

善吉が貧血で倒れ、自らを病人と看做すようになってからというもの、禎江は何につけても善吉より優位になっていた。もとより、放蕩のあげくに財産を食いつぶした善吉は、その間も一人で子供たちや家業を支えてきた禎江に対し、逆らえない後ろめたさを感じていたが、身体的な自信を喪失してから、その傾向はさらに顕著になり、いまでは禎江に盲従する毎日である。程度の違いはあるが、それは善吉ばかりでなく、信一郎や苗子にもあった。

禎江の深い皺のひだひとつひとつには、ここに嫁いでからの半世紀、道楽に耽るばかりの善吉に代わり、女手で家業を仕切り、五人の子を育てた生活の重みが潜んでいる。

苗子が嫁いだ当初、家計はすべて姑の禎江が握り、苗子には百円たりとも自由にさせてくれなかった。野菜や魚など日々の食料を買うにも、都度、姑から幾ばくかの金が入った財布を渡された。買い物から戻り、その日買ったものと金額を紙に書き、財布と共に返すのだった。

しかし苗子はそんな状況を、さして異常とは思わなかった。当時、このあたりの集落では、嫁が姑へ服従するのは当然といった古色蒼然たる通念が生きていたのである。

夫の信一郎は、そうした状況を静観していたが、靴下一枚買えない妻のため、毎月わずかではあるが、母に内緒で金を手渡した。

家計のことは諦めもついたが、自分の家事のやり方から生活態度まで、遠慮なく罵倒する姑の煩さには、さすがの苗子も辟易とした。決して陰険にいびるわけではないが、顔を合わせるたび、容赦のない小言が口をつく。苗子はそれに耐えきれず、結婚後三ヵ月の間に二度、実家へ逃げ帰った。そのたび両親や信一郎に宥められて戻ったが、近所の人々が一様に禎江の器量を誉めるのに接しているうち、禎江の小言や罵倒も次第に気にならなくなってきた。

姑への意識が決定的に変わったのは、嫁いでから半年ほどした頃のことである。姑の代わりに初めて近所の集まりに出席したとき、隣組の老人たちから、義母が近所へ『いい嫁でなぁ……』と触れ回っていることを聞かされたことだった。

《家内では毒舌の姑も、ひとたび外に出れば、自分を擁護してくれている……》

それを境に、姑への疎ましさや煩わしさは、日ごと薄れていった。

長男の祥一を生んでから、禎江は家計の半分を苗子に任せるようになった。家内を仕切る威勢は相変わらずだったが、日々の小言は影をひそめた。

「苗子や……」

膳を持って立ち上がろうとしたとき、禎江が呼び止めた。

「午後は、散歩にでも出てみるか……」

「え？　でも風邪のほうは？」

「なに、こんだけ具合もいいし、大丈夫だ。それより、その辺をまわってみたくてなぁ……一緒に行かねえか？」

言いだしたら聞かない禎江である。苗子はあまり気乗りがしなかったが「ええ……」と頷いた。

禎江は満足気な表情で煙管（きせる）に刻みタバコを詰めながら、隣の善吉に向かって、「早く食っちめえ」

と怒鳴った。

　しばらくして、苗子は禎江と共に家を出た。

　陽盛りの道には、蒸した風に乗って夏草の匂いが漂っていた。二人は、旧家や土蔵に囲まれた道を、裏手にある山の方角に歩いた。

　禎江の実家は、地域の人が『本村（ほんむら）』と呼ぶ、山際の集落にあった。昔からの庄屋であり、いまは禎江の甥（おい）、つまり隠居した禎江の兄の息子が、家を継いでいる。

　道はその実家の脇をかすめ、山裾の地蔵尊（そん）に続いている。

　禎江は実家の前で歩みを止め、しばらくは、感慨深げに実家を見ていたが、やがて地蔵尊に続く畑中の道を無言で歩きはじめた。

　禎江は途中で何度も立ち止まり、溜め息をつくように大きく喘（あえ）いでは、飄然（ひょうぜん）としたまなざしで何かを口籠（くちご）もったが、その声は苗子の耳にとどく前に、熱気をはらんだ大気に拡散してしまう。やがて山裾の地蔵尊から帰途につこうとしたとき、禎江は不意に優艶（ゆうえん）な声で「苗子」と名を呼びながら振り返った。三十分あまり無言の歩みを続けた苗子は、一瞬その声が遠く感じられた。

「このへんも、ずいぶん変わったな……」

　その目は、『本村（ほんむら）』の外（はず）れから山裾に沿って新築された県営団地の建物群を見ていた。

「ええ……」

「もっとも、あたりめえのこったな、変わらねえほうがおかしい」

「団地もできたし、店も増えたしねぇ」

「ああ、それもあるが、オラはそれよりか、この辺がえらく狭くなったように感じるだ。オラが子供の時分は、もっと広かったような気がしたがなぁ」

禎江は眩そうに目を細め、遠くに霞む浅間山の峰の辺りを見た。

「子供の時分は、世間が狭いからそう思ったのかもしれねえ。隣町せへ行くのも、えらく遠くへ行くような気がしただからなぁ」

そのあと禎江は手庇をかざして、本村の周辺を満遍なく見渡し、

「この辺をこんなにしみじみ見たのは久しいが、たまにはいいもんだ」

《この人は、半世紀の歳月を見ている……》

そんな思いが胸中をよぎり、苗子は寂寞とした思いを抱いた。何十年の歳月といえど、過ぎてしまえば呆気ないものだと、陽炎のようにゆらめく老婆の横顔が無言で語っている。その姿が、遠く霞んだ連山の背景のなかに、ともすれば渾然としてしまいそうな弱々しい輪郭を、かろうじて保っているような気がしてならなかった。

その夜、風呂から上がった禎江は、浴衣に身を包み、座敷の広縁の籐椅子に座り、水銀灯に

照らされた庭を眺めた。昼間の酷暑が信じられないほど、透明な涼気を孕んだ微風が、咲き誇るツツジの花を撫でている。

「気持ちいいなぁ。嫁をもらうなら風呂のような嫁をもらえと言うが、まったくだ」

微風が濡れた髪を梳き、裾髪がほつれている。お茶を持って行った苗子は、姑の身体を気遣った。

「お義母さん、病み上がりの身体に夜風は毒だ。はやくフトンに入ったほうがいいで……」

「なに、病は気からって言うわい。もうすっかり具合もいい」

「でも、お義母さんを風呂に入れたことがウチの人に知れたら、怒られるわ」

その夜、信一郎は商用で出かけており、息子たちと善吉はすでに寝入っていた。

「構うことはねえ。年寄りには好きなようにさせとくのが一番だって、信一郎も言ってるだ。オラ、聞こえねえふりしてるだが、ちゃんと知ってるだ」

禎江はキセルに刻みタバコを詰め、うまそうに煙を吐き出した。

《少しは歳も考えてくれ》

辟易して顔を背け、台所へ戻りかけたときである。

キセルが床板に当たる無機質な音が広縁に響いた。思わず振り返った苗子の目に、力なく椅子から滑り落ちる姑の姿が映った。

「お義母さん！」

苗子はお盆を持ったまま。広縁にうずくまった禎江に駆け寄った。

禎江は身体をくの字に折り曲げ、両手で力なく胸をかきむしり、苦しそうに喘いでいる。

「お義母さん！」

苗子はもう一度叫んだ。しかし義母は応えない。同じ姿勢で喘ぐばかりである。

苗子は電話機に飛びつき、かかりつけの病院に連絡し、義母の様子を早口で告げた。膝が小刻みに震えている。義母に何が起きたのかはわからないが、一刻を争う事態であることは確かだった。

電話をかけ終え、ふたたび義母の姿を見たとき、苗子は身体中の血がスッと冷えていくのがわかった。

義母は、もう喘いではいなかった。

まるで眠りに堕ちた幼子のように、平穏な表情で広縁の床にだらしなく横たわっている。

その刹那、苗子は義母の死を思った。

自分の動悸が煩わしいほどの静寂であった。義母を包む空間だけが、まるで現世から遠くかけ離れた世界のような気がした。

病院に運ばれる救急車のなかで、

《義母は死ぬ……》

と苗子は不吉な予感を抱いた。しかし義母の死に、なぜか現実感がなかった。狼狽（ろうばい）する意識の片隅を、

《縁側に転げたキセルの火を片づけなかった……》

と、妙に冷ややかな思いがよぎっていった。

病院に担ぎ込まれて二時間後、呻（うめ）きともつかない声が禎江の口から洩れた。

禎江は死の淵から辛（かろ）うじて戻ったのである。

苗子は、医師から義母の容体の説明を受けながら、まるでこうなることを予期したように、自らの生まれ育った土地をつぶさに確認した義母の行動を思い起こした。

病室に戻った苗子は、薄暗い明かりのなかで、義母の寝顔を見た。しかし、薄闇の帳（とばり）に覆（おお）われた義母の表情は朧（おぼろ）で、ベッドのシーツの白さだけが目についた。その白さの異様な冷たさに、苗子は軽い眩暈（めまい）を覚えた。

四

禎江が二度目にその寿命が果てるのを予感させたのは、二年前のことである。

禎江の甲状腺の付近に腫瘍らしきものが巣くったのである。
カエルのように膨れた喉を揺すりながら、病院から病院へと最後の望みをつないでまわっては見たが、腫瘍の診断は変わらなかった。唯一の光明があるとすれば、それが良性の腫瘍であり、転移がない場合、切除することで助かるかもしれないということであった。しかし、癌という言葉が放つ毒々しさに、身内の誰もが禎江の死を予期した。

医師は信一郎と苗子に言った。

「年齢や体力を考えると、手術に耐えられるかどうかという恐れもあります……」

しかし、このまま放置したところで、迫りくる死から逃れる術はない。信一郎と苗子は医師に手術を依頼した。

禎江には、癌であることを知らせていない。本人が周囲の様子で察知していたかどうかはわからないが、傍目には、自らの腫れた喉を、単なるデキモノと思う病人であった。

手術の日の朝、禎江の枕元に集まった五人の子供の胸には、これが最後かもしれない母の生き顔と決別する悲哀があった。

禎江は自分の顔をのぞきこむ息子や娘を見まわし、

「ただのデキモノを切り取るくれえで、大袈裟なこった」

と笑んでいた。

手術の間、廊下で待つ五人に、ちょっとしたいざこざがあった。

長女の和美が、兄の信一郎に囁いた言葉が原因だった。

「お兄ちゃん、もしお母さんがダメだったら……どうする？」

「どうするって……なにが？」

信一郎は妹を睨み、小声で返した。

「お通夜やお葬式の手配よ……」

「そんなこと、おめぇ、いま言うことじゃあねえ」

「そんなこと言ったって……準備やらなにやらで、大変なのよ」

そのとき、隅の椅子にいた末子の亮三が、大声で二人を制した。

「おめぇら、なに言ってるだ！」

そう叫んだ亮三は、椅子から立つと二人に近づき、

「母ちゃんはいま、喉切られてるんだぞ。一生懸命それに耐えてるってときに、縁起でもねえこと言うんじゃねえ！」

亮三の剣幕に、通りかかった若い看護師がギョッとして立ち止まった。

「しー！　兄ちゃんも姉ちゃんも、それに亮三も、静かに！」

次女の珠代が三人の間に割って入った。珠代に諭された亮三は、「ふん」と二人を睨み、も

とのシートに戻ると、腕組みをして目を閉じた。

やがて手術が終わった。

手術室から出てきた医師の顔には穏やかな笑みがあった。

禎江は手術に耐えたのである。

その夜、苗子は集中治療室のベッドで眠る義母の顔を見ながら、緊張が解けて朦朧とした脳裏に、義母の生命力への深い感慨を抱いた。

酸素マスクをつけていても、逞しい呼気が聞こえる。そのたびに、薄暗い光に浮いた白い薄手の架け布が、大きく隆起する。喉から顔の辺りまで包帯に覆われてはいたが、閉じられた目には不思議な力があり、生命力が漲っているような気がする。

《この人は、死なない……》

苗子は何度も心で呟いた。


手術に耐えた禎江が、次に幽明の隔てを見たのは、それから一年たった、昨年の夏の終わりである。

その頃の禎江は、秋口の夜風が心地良いと言って、夕食後のひとときを開けはらった居間の窓際で過ごすのが日課になっていた。

その日、信一郎と苗子はそろって出かける用事があり、早い夕食を済ますと家を出て行った。居間には日課を楽しむ禎江と二人の子供が残っていた。

「祥一、祐司を風呂に入れろ……」

禎江は二人の孫を急きたてた。しかしテレビを見呆けていた祥一は、

「まだいいよ」

「父ちゃんたちが帰ってくるまでに風呂せえ入って寝てなきゃあ、怒られるで」

「わかったよ。祐司、ほら風呂へ入るで」

祥一は渋々立ち上がり、横で寝転んでいる弟の腕を引いた。しかし、好きなテレビマンガに夢中の祐司は、なかなか立ち上がろうとしない。

「ばあちゃん、祐司がヤダって」

「祐司がヤダってか。そんなら、ばあちゃんが一緒に入ってやるか」

禎江は脇の座卓に手をかけ、よっこらしょと起き上がった。そして、曲がった腰を伸ばしながら、

「さあ一緒に風呂せえ入りや……」

と祐司の腕を取ろうとした。

そのときであった。

祥一は、祐司の脇へ崩れ落ちる祖母を見た。畳に横たわった祖母は、苦しそうにウ〜ンと呻きながら胸を押さえた。

「ばあちゃん！　どうしただ！」

祥一はとっさに駆け寄った。

「ばあちゃん！　苦しいだか！」

しかし祖母はいくら声をかけても、ただ胸を押さえて呻くばかりである。

祥一は慌てて隣の駄菓子屋へ走り、祖母の事態を告げた。

真っ先に割烹着姿の民子が駆けつけた。しばらくして、宗助じいさんが老体に鞭打ち、寝間着の裾を翻して飛び込んできた。

民子は禎江のただならぬ様子に愕然とし、

「祥ちゃん、病院の電話番号はわかるか！」

「電話の柱に貼ってある……」

祥一はおろおろしながら、台所と居間の境におかれた電話台を指差した。民子は電話機に駆け寄り、脇の柱にビョウで止めてあった紙片の番号へ連絡した。その緊迫感に耐えきれず、祐司が大声で泣きはじめた。民子は祐司を割烹着の胸に抱きしめ、棒立ちになっている祥一に聞いた。

「祥ちゃん、こんなときはどうしてた？　父ちゃんや母ちゃんは、どうしてた？」

「わかんねぇ……」

するとと民子の後ろから宗助じいさんが息を切らしながら言った。

「わかんねぇって言ったって、オメ、背中をさするとか、頭を冷やすとか、何かしようがあるじゃねえか！」

祥一はその声に一瞬たじろいだが、ふたたび「わかんねぇ……」と上ずった声で言った。

「父ちゃん、そんなこと言ったって、祥ちゃんにわかるはずねえよ」

「オラ、べつに祥ちゃんに言ったわけじゃあねぇ……とにかく何とかせにゃあなるめえと思って……」

「そりゃ、そうだけど……でも、どうすりゃあいいの？」

そのとき、禎江が丸めていた背をわずかにのばし、「うう……」と大きく呻いた。民子は「あっ」と叫んで禎江を見た。

呻いた禎江は、一瞬、手足を硬直させ、次の瞬間、畳に力を吸い取られるように、身体を弛緩させ、喘ぎをとめた。

不気味な静寂が、禎江のまわりに膠着した。

民子も宗助も言葉を失い、不意に訪れた静けさに怯えた。祐司のしゃくりあげる鳴き声だけが、異様に大きく部屋に響いている。

「息してるか？」

　やがて宗助の粘りついた唇から声が洩れた。民子はそっと禎江に近寄り、顔のあたりに手をかざし、「わかんねぇ……」と小さく呟くと、禎江の二の腕に手をかけ、「お禎さん……」と小さく揺すった。しかし蒼白な禎江の表情は微動だにしない。

　もう一度声をかけようとしたとき、禎江の身体に触れた手から、スッと温みが失せていくような感触がし、思わず手を離して腰を引いた。その耳に、救急車の虚ろなサイレンの音が聞こえた。

　そのときの様子を、民子は後に信一郎と苗子に語った。

「そりゃあもう、お禎さんの苦しみかたはえらいもんでした。私が行ったときは、胸にこう手を当て、畳の上で身体をよじっていて……私は何をしていいのかわかんなくて困ったわ。祥ちゃんに病院の電話番号を書いた紙を教えてもらってすぐに電話したけど……あのときは、もうほとんど意識がなかったようでした。そのうちに、お禎さんの呻きが急にやんで、ぐったりしてしまってね。私はびっくりしてお禎さんの手を持って揺すっただけど、その手から血がスーと引いてくのよ……ああ、こりゃあもう死んだかもしれないって思い、足が震えたわ。祐ちゃんが泣いてて……かわいそうで……」

病院まで救急車で同行した民子に、医師は『危篤状態』と告げたという。

しかし禎江は蘇生した。

しかも、翌日の昼頃に意識を回復した禎江は、付き添っていた苗子に向かって、

「気持ちいい夢を見ていた……」

と言って驚かせた。


祥一は、座敷に屯す人々の頭越しに、遺影の穏やかな表情を見ながら、ふと、祖母から聞いた夢の話を思い出した。

祖母の意識が回復した日の夜のことである。

病院へ見舞いに行った自分と弟の祐司をベッドの脇に呼び寄せた祖母は、物寂しげな顔でこちらを見た。

「ばあちゃん、苦しかった？」

祖母の苦しむ様子を見ていた祐司は、悄然と聞いた。

祖母は、その物寂しげな表情に、取り繕ったような笑みを浮かべ、

「ばあちゃんは苦しくなかっただよ。夢を見ていたからな」

「どんな夢？」

「ばあちゃんは、花のいっぺえ咲いているところを歩いていただよ。本当に気持ちいいところでな。そしたら、むこうに川が見えて、その川の向こう岸では、ばあちゃんの母ちゃん……と言っても祐司にはわかんねえと思うが……その人が手に花を持って『こっちへ来い』と呼んでいるだ。その花はばあちゃんの大好きな花だったけど、オラ、それを取っちゃあいけねえって気がしてな、ヤダよって言っただよ……」

祖母は遠いところを見るように目を細めた。

「それからどうしただ？」

祐司は、話をやめた祖母を好奇の目でのぞきこんだ。

「それだけだ……」

祖母はそう言うと、大きな溜め息をついた。

祐司は納得がいかないらしく、不満げな表情をした。　祥一は《どこかで聞いたような話だな》と思い、憮然とした。

幽界というものがあるとしたら、祖母はそれを見てきたのかもしれない……とも思うのだが、幽界そのものが祥一には空想的であった。祥一は、その話が、死線を彷徨（さまよ）った祖母が、祐司に語って聞かせた御伽話（おとぎ）に思えてならなかった。

「本当に、それだけだ……」

祖母はもう一度そう言うと、不服そうに唇をかむ祐司を凝視した。

祥一は、ハッとして祖母を見た。

《こんな顔のばあちゃんは初めてだ》

祖母は、祥一にとって、どんなわがままでも聞いてくれる頼もしい見方であり、いつも穏やかな目で自分を庇ってくれる優しい存在だった。しかし、そのときの祖母の目には、いつもとはまったく違う輝きがあった。

蛍光灯の白い光に浮いた祖母の顔には、幾筋もの深いシワが影を刻んでいる。そのシワの間でぎらぎらと輝く目を見ているうちに、祥一は怖くなってきた。祖母が自分とは違う世界の人間になってしまったように感じたからであった。

座敷と居間がつながった二十畳ほどの空間には、酒の臭いと喧騒が充満していた。
祥一は居間と台所を隔てた襖にもたれ、
《ばあちゃんは、今度は川を越えて行ってしまったのだろうか……》
と、徐々に実感を増しつつある祖母の死に、これまでなかった悲しみを抱いた。

五

「そう言やぁ、来週は鮎の解禁日だったなぁ」

宗助じいさんが突然、すっとんきょうな声をあげた。その隣では釣具屋の跡取り息子の昌雄が、酩酊した顔で天ぷらを口に入れ、ウンウンと頷いている。

宗助の釣り好きは、近所でも有名である。鮎の友釣りが解禁されると、その日の朝から、日傘を被った宗助の姿が、川の浅瀬にあった。その姿は、ひと夏の間、場所をかえながら川面に映り、やがて夏の光がゆるみ、鮎の横腹にあらわれた錆び色の濃さにあわせて、宗助の日焼けした顔や腕に染み出た疲労の色が深くなり、川から帰る時間が次第に早くなる。そして、駄菓子屋の店奥の部屋で、川に出なくなった宗助が、腕にできた日焼け跡の斑の皮膚を剥いてる姿を目にするようになると、この地方の夏は終わるのである。

「今年は、何万匹ぐれえ放流しただ？」

宗助じいさんは、釣具屋の息子に聞いた。

「いや、オレもよく知らねえよ。オヤジに聞けばわかるかも知れねえけど、去年よりは二、三割がた少ねえっていう話だ」

「少ねえって、オメ、去年だって一昨年より少なかっただずに。今年はそれより減るって言うだかや……昌雄、そんなことあるか！」

「オレに怒ったって、仕方ねえよ」

「バカこけ！」

「文句だったら、漁業組合にでも言ってくれや」

「まあ、それもそうだ……」

宗助じいさんは悄然とし、

「毎年、釣り人は増えるってえのに、鮎の数は減っていく……オラも、そう長くは生きられめえと思うが、鮎釣るのがたったひとつの楽しみだ……そのために、高けえ銭（ぜに）払って鑑札を買ってるだからな。もっとも、この頃は川も汚れちまって、鮎の住むところも少なくなっているだかなぁ……」

宗助じいさんは、首を膝元にがっくりと埋め、両手をしどけなく開き、眠ってしまったように、何も言わなくなった。

二人のやり取りを傍ら（かたわ）で聞いていた禎江の次女の珠代（たまよ）の脳裏に、昨年の秋口に母親と二人で見た川面の光が蘇った。

心臓発作の死の淵から奇跡的に生還した母が、三週間の入院生活を終えて退院するという日、珠代は単身帰郷し、兄夫婦とともに車で病院へ行った。

帰りの車のなかで、珠代の隣に座った母は、久しく会わなかった娘の顔を眩しそうに見た。

「やだわ……お母さん、どうしたの？」

珠代は気恥ずかしくて視線をそらした。しかし、母はそれには応えず、「ありがとうよ……」

と呟いた。

家に着いてしばらくすると、母は庭が見たいと言い、座敷の広縁に座ブトンを敷いて、涼気を増した初秋の風を浴びた。真昼の戸外には目頭を疼（うず）かせる光が拡散している。庭隅の花壇では早咲きの鶏頭（けいとう）が深紅の花をくっきりと浮きあがらせていた。

珠美は広縁へ番茶を持って行った。

「やっぱ、家はいいなぁ」

好きな番茶を一口すすった母は、穏やかな顔で言った。

「あら、お母さん、何年も入院してたみたいなこと言ってるわ。たった三週間じゃないの」

「病院は嫌えだ……」

母はそう言うと、庭隅の花壇に目をやり、

「今年も鶏頭が咲く季節になった」と呟いた。

「お母さん、聞いたわよ。病院のなかじゃあ、ワガモノ顔で歩き回っていたっていうじゃないの。

もっともお母さんは気が強いから、医者の言うことなんか聞くはずないわね」

「病院は、性に合わねえ」

湯飲茶碗から立ちのぼる湯気が母の顔にかかり、シワの間が薄っすらと輝いている。その輝きを母は手のひらで軽く拭った。

「淑子は元気か？」

「え？」

呆然と母の横顔を見ていた珠代は戸惑った。

「オメエがここにいる間は、誰が世話してるだ？」

「ええ、むこうの母が面倒を見ててくれるから……」

「そうか……」

母は茶をすすると、ふたたび庭に目をやっていたが、不意に珠代を振り返り、

「なんだか家にいるのがもったいねえような陽気だな。川にでも行ってみるか？」

「行ってみるかって……お母さん、退院してきたばかりじゃないの」

「大丈夫だ。お医者様も散歩ぐれえならいいって言ってた」

「でも、お母さん……」

「さて、行くか」

座ブトンから腰を上げた母に驚き、珠代は「ちょっと、お義姉さん、大変よ！」と、台所の苗子を呼んだ。すぐに座敷にかけてきた苗子も珠代と一緒に母を止めようとしたが、母は聞かなかった。結局、珠代が母に付き添って行くことになった。

家から百メートルも歩けば、河岸段丘の縁に出る。一段低い川原へと続く平地は、終日陽を浴びる砂地になっており、桑やら馬鈴薯やらの畑が無数に拡がっている。その先には千曲川が流れていた。

十年ほど前に大きな堤防が築かれるまでは、大雨のたびに洪水に晒される土地であった。いまでは、よほどの雨でもない限り、水はやって来なくなったが、かつての氾濫の痕跡をとどめるのは、堤防の端に根を張る大きな赤松の脇の、古びた木造の水防庫ばかりである。

水防庫の近くまで来たとき、母は歩みをとめて小さな咳を二回した。

「水防庫は、いまでも使っているだかや？」

懐から引っ張り出したチリ紙に痰を吐いた母は、青いペンキが剥げたみすぼらしい建物を見た。

「さあ、どうかな。私が小さい頃は、よくこの中に入って遊んだけど……」

「オラの小せえ頃もそうだった。この松伝いに水防庫の屋根せえ登ってな……」

「いまの子供は、このあたりじゃあ遊ばないのかしら」

「そうでもねえ。祥一や祐司も、よくこの辺へ来るみてえだ。子供なんてのは、そう変わるもんじゃねえ」

言い捨てるような口振りであった。珠代は憮然と母を見た。

「オラの小せえ頃も、オメエの小せえ頃も、みな同じだ。子供なんてものは、そう変わるもんじゃあねえ」

母は、もう一度そう言い、堤をゆっくり降りはじめた。

水際の大きな石に腰を下した母は、ぼんやりと川面を見つめた。

珠代は母の傍(かたわ)らに立ち、川原を一望した。

凪(な)いでいるのに、堤防の脇に群生するニセアカシアの葉が、サワサワと乾いた音をたてている。川原には、明るい午後の光があふれていた。

珠代は、水面からの陽射しが、ゆらゆらとした光の模様を描く母の表情に、混沌とした翳りを見たような気がした。

子供はいつの時代も変わらないという母……その気丈で独善的な大きさと、たった一枚きりある母の幼い頃の写真で見た無邪気な姿を重ね、どうしても重なりきれない茫洋とした部分が、母の積み重ねた人生だと思った。

六

三度まで死を免れた禎江（よしえ）も、四度めに迫った魔手からは逃れられなかった。

それは、二度目に踏み込んだ死の淵から禎江の肉体に宿った因縁（いんねん）であった。切り取られたはずの腫瘍は、禎江の右乳房に潜み、じわじわと悪根（あっこん）を張っていたのである。

それから八ヵ月、禎江は死の魔手と戦い、今日の早朝、ついに力尽きた。

しかし禎江の肉体は、すでに数ヵ月前に死滅していたと言える。それほど、死に際の禎江の肉体は、滅びの様相に支配されていた。しかし、肉体が滅んでから禎江は数ヵ月間生き続けたのである。

「お禎（よし）さんは、気力で生きとったようなもんじゃ」

宗助じいさんの言葉を、禎江の子供たちはもとより、近所の誰もが否定できない。

克治の妻の貴美恵（きみえ）も、禎江の肉体の滅びを目の当たりにした一人である。

貴美恵は義母の遺影を見るたび、そのときの光景が鮮烈に蘇り、眩暈（めまい）のような虚脱感を覚えるのである。


それは義母が死去する一ヵ月ほど前の土曜日のことであった。

その日、克治と貴美恵は、一人息子の幸雄を連れて、東京から帰省していた。兄夫婦からの連絡で、母親の死の影か濃くなっているのを感じ、せめて生きているうちに孫である幸雄の顔を見せ、幸雄にも祖母の思い出を記憶させたいという気持ちがあった。

貴美恵が義母を見るのは正月以来であったが、あまりに変わり果てた様相に、愕然とさせられた。

右乳房の腫瘍は、肩から背の皮膚にまで転移し、義母の右上半身を冒していた。義母の容態は、義姉の苗子などから聞いてはいたが、着物の袖から覗く右腕の異様な浮腫みに、その肉体の滅びの凄まじさを実感した。

すでに機能を果たさない義母の右腕は、三倍以上に膨れ上がっていた。食事をするのも左手にスプーンを持ち、覚束ない手つきで粥飯を口に運ぶ。副食もすべてスプーンで食べられるように細かくされていた。

食事ばかりではない。物を取るのも、寝返りを打つのも、フトンから起きるのも、限られた日常生活の動作は、すべて左手一本で賄わねばならなった。右腕は、すでに義母自身のものでなくなった肉塊となって、腰のあたりにだらりと垂れさがり、着物の裾からグローブのように膨れた醜い指を晒していた。

その日の夕食後、信一郎夫婦は、弟夫婦が帰省しているのを幸いに、それまで出席できないでいた地元の商工会の会合へ顔を出すことにした。

二時間ほどの留守居を頼まれた克治と貴美恵は、三人の子供を寝かしつけ、居間で茶を飲みながら兄夫婦の帰りを待った。

「お義母さん……思ってたよりも悪いみたいね」

「ああ……幸雄に逢わせておいてよかった」

片肘を枕にして居間の座卓脇にごろっと横になった克治は、疲れた表情で頷いた。

「でも、これまでも生き抜いてきたんだから……」

「……」

これまで兄夫婦から絶望的な病状を聞いてはいたが、実際に見るまでは、貴美恵も幾ばくかの希望を抱いていた。

「だから、今度も、もち直すかもしれないわ」

「いや……ダメだろう……」

克治は無表情に呟いた。

「おまえ、オフクロの部屋に行ったとき臭いを感じなかったか？」

「……」

「肉が腐る臭いだ」

「……」

貴美恵は、消臭剤や芳香剤が撒き散らされた義母の部屋に入ったとき、人工香の粒子の間を縫うように漂う微かな薬品臭とともに、そのおぞましい臭いを嗅いだ。それは夫が言うように、肉体の滅びの臭いだった。

「これまでとは、違う……」

夫はそう言うと、仰向けになって大きな伸びをした。その口から洩れる「あぁ……」という乾いた溜め息のような声に、夫の絶望感を見たような気がした。

「でも私は、お義母さんの生命力に感心するわ」

貴美恵は夫の絶望感を少しでも癒やそうと、明るく言った。

「昔から気丈な人だったからな。オヤジがあのざまだから、そうならざるをえなかったのさ」

「もともと、そういう強さがあったんじゃあないかしら。それが、結婚後の環境で、いっそうハッキリ出たんだわ」

「そうかな……」

「ほら、去年入院してたときも、お義母さんは、自分と同室の患者や、同じ階の病室の患者さんたちを仕切っていたって聞いたじゃない。お義姉さんなんて、病院の『女親分』になっていたって言ってたわよ」

「ああ……看護婦まで仕切ってたっていう話だったな」

「そういう性格なのよ。芯から強い人なのよ」

「なんで、あんなに強いのかな？」

「あなたは実の息子でしょう。わからないの？」

「わからん……」

克治はそう言いながら、小学生の頃、戦争末期の頃など、自分が子供から大人になる時期の母の様子を、あれこれと頭に描いた。

《たしかに、オフクロは強かったのかもしれない》

克治の記憶に宿る母の姿は、独善的であり、同時に独裁的でもあった。それは強情というのではなく、牽強付会というべき様相だった。たとえ、どんなに敵をつくろうと、自らの考えを曲げない頑迷さ、そして自らの庇護下の者を、その良し悪しを不問で守る強さ……孤高といえば聞こえはよいが、少なくともこのような気性では、現在、克治一家が暮らす公団住宅や、毎日身をやつしている企業組織では、針の筵を覚悟しなければならないだろう。しかし、この田舎には、それよりも抜け出ることが難しい『ご近所』という深いコミュニティが綿々と生きている。そこに暮らしながら、母はそれを貫いてきた……そのことを考えると、『孤』であることを厭わない母の強さが、うらやましい気もする。

「なんで、あんなに強かったのかなぁ」

克治は、己のＤＮＡにへばりつく母の気性を感じながら、世渡りのなかで去勢されたわが身の現実を少し恨んだ。

そのとき、廊下に足音がした。

《子供が小便にでも起きてきたのだろうか》

襖を開けて薄暗い廊下をうかがった貴美恵は、わが目を疑った。

廊下にいたのは義母だった。右肩を落とした不安定な格好で、廊下の床を擦るように、よたよたと歩いてくるのである。

「あれぇ、お義母さん！」

立つことすら儘ならない義母がそこにいる。

貴美恵は狼狽して夫を振り返った。夫は弾かれたように起きあがり、居間の襖のところで義母の身体を支えた。

義母の目は、ずっと克治を見ていた。

「克治……オメエのフトンは、奥の座敷せえ敷いておいたからな……」

義母はそう言うと、苦しそうにひと息つき、

「克治……オメエ腹へってねえか……なんか食うか？」

と覚束ない足取りで台所のほうへ行きかけた。

「おふくろ！」

夫は義母の肩をしっかり握り、それを押しとどめた。

「よけいな心配はするな。メシはちゃんと食ったから、腹はへってねえ」

夫は、義母を支えながら、暗然とした目で貴美恵を見た。そして、

「おふくろ、それより寝てたほうがいい。養生しなけりゃあ、治る病気も治らなくなるじゃねえか」

そう宥めるように言い、義母を部屋へ連れて行った。その姿を呆然と見つめる貴美恵の耳に、

「オメエは、いつも夜中になると腹すかせたからな……本当に腹へってねえか？」

と義母の掠れた声が聞こえた。

貴美恵の脳裏に、暗鬱とした影が忍び寄った。

動けないはずの義母が起き上がってきたことへの驚きも、その眼中に自らの存在感がまるでなかった情けなさもある。しかし忍び寄った影は、すでに四十歳を越えた息子の腹のへり具合や寝具を心配し、暗い寝床から這いだしてきた『母』の意識と力の、凄まじさと哀れさ……その無意識な自覚が自分にもあるのだろうかと、義母の姿に映った我が身の影であるような気がしたのであった。

「おふくろにも、困ったもんだ」

義母をフトンに戻してきた夫が呟いた。

「あなた、そんなこと言うもんじゃないわ。常識じゃ考えられないことよ。私にはとても真似できそうもない……」

貴美恵はふと思い立って、幸雄の眠る座敷へ行った。明かりをともし、幸雄の乱れた掛けフトンを整え、奥の座敷との隔てになった襖を見たとき、愕然とした。

襖が十センチほど開いている。咄嗟に義母が口走った言葉が蘇った。

《まさか……》

そう思いながら襖に歩み寄って奥の座敷を窺った。

蒼然とした部屋の中央に、乱雑に敷かれたフトンが見えた。まるで子供が敷いたように、ふぞろいな敷フトンと掛けフトンである。

その有様を見ているうちに、目頭が熱くなった。

貴美恵は、そっと襖を閉めて、幸雄が眠る部屋の電気を豆電球に変え、目頭に滲んだ涙をブラウスの裾で拭った。

《自分も、いつかこうなるのだろうか……》

貴美恵は、母であることが全てになった自分を想像し、《そうはなりたくない》と思った。

幸雄が寝返りをうった。

掛けフトンを抱え込むように横を向いた幸雄の、背中の一部が露出した。

貴美恵は、それを直そうともせず、わが子の露（あらわ）になった小さな背を、薄暗い光のなかでしばらく悄然（しょうぜん）と見つめていた。

七

「私、悔いはないわ……」

台所の食卓に、苗子と民子が向かい合って座っていた。

呟いたのは苗子のほうであった。二人とも、幾分かのアルコールに顔を赤らめている。苗子は、しばらく間をおいてまた呟いた。

「あれだけ看病しただだからな……」

「そうだね……」

民子には苗子の気持ちが痛いほど理解できた。

二人の脳裏には、同じ光景が浮かんでいた。それは、禎江の肉体の完全な滅びを見たときの光景であった。

二週間ほど前のことである。

その前日に、苗子は階段を踏み外して腰を打ち、それが翌日になって痛み、思うように動けない有様だった。そこで隣家の民子に食事の用意の手伝いを頼んだのである。

五月初旬とは思えない蒸し暑い日であった。台所で昼飯をつくる民子の身体（からだ）は、煮炊きの熱気も手伝って汗だくだった。

「苗子さん、お禎（よし）さんと善吉（ぜんきち）さんには何がいいですか？」

年寄り二人の副食を用意する段になって民子は居間で横になる苗子にたずねた。

「昼はいつも魚か何か煮てやるけど、一応何が食べてえか、聞いてみてくれるか？」

「そうですね」

民子は禎江（よしえ）と善吉（ぜんきち）のいる部屋へ行った。

禎江は窓際に寝ていた。その隣のフトンでは、善吉が胡坐（あぐら）をかいて新聞を広げていた。ただし老人性の認知症が進んだ善吉は、新聞を読んでいるわけではない。これは、言わば習性のようなものである。かつて数十年続けた習慣が、善吉をその行為に駆り立てているに過ぎなかった。民子は善吉を無視し、禎江の枕元に歩み寄った。

「おばあちゃん、昼のおかずは何がいいですかね？」

「オラ、いらねえ……」

禎江は億劫そうに口を開いた。

「なにも食べたくないんですか？」

「ああ……」

禎江は顔をしかめて頷いた。

「おばあちゃん、どうしたの？　どこか苦しいの？」

「苗子を呼んでくれや……」

民子は居間に戻ってその旨を告げた。苗子は儘ならない腰を庇いながら禎江のもとに来た。

「お義母さん、どうした？」

するとと禎江は、目元に深いシワをつくり、

「背中が、有り苦しくてな……」

禎江は身の置き所がない疼痛感を訴えた。

苗子は、先日の朝に腰を打ったため、一昨日から二日間あまり、義母の湿布を替えてなかったことに気づいた。

義母の右背中の皮膚に転移した腫瘍は、そこで異様に成長し、皮膚を破り、肉を腐らせていた。

そのため、かかりつけの医者からは、毎日湿布を替えるようにと指示されていたのである。

「お義母さん、湿布を取り替えなけりゃあ、いけねえな」

苗子はそう言いながら、脇の薬箱から湿布薬を取り出した。

湿布を替えるには義母の身体を、横向きにしなければならない。苗子は民子に手伝ってもらい、二人で義母を横向けにした。

「お義母さん、私は腰を打って思うように動けねえから、きょうは民子さんにやってもらうわ」

苗子はそう言いながら、民子にマスクを渡した。

「え？」

と民子が訝ると、苗子は鼻をつまみ、次に鼻の前で手のひらを左右に小さく振った。民子は一瞬、唖然と目を見はったが、すぐに納得し、

「あ……はい……」

と、マスクをした。

苗子は、肩を被える大きさのガーゼに湿布薬を塗りつけた。それを古いものと替え、上から油紙を何枚か宛がって絆創膏でとめればそれで済む。

民子は苗子に教えられたとおり、禎江の右肩と背中を寝間着から露出させ、肩から背を被っていた大きな油紙とガーゼを、恐る恐る剥がした。

徐々に露になっていく禎江の右腕のつけ根を見ていた民子が「あ！」と声をあげ、身体を硬直させた。

肉が膨れ上がり、もはや人間の肌とは思えない小豆色に変色して悪臭を放つ禎江の腕のつけ根に、民子は、蠕動する数十匹の薄黄色をした生物を見たのである。

「苗子さん……」

咄嗟にガーゼを戻した民子は、すがるような表情で苗子を見た。マスクに覆われた口元がもごもご動き、顎のあたりが小刻みに震えていた。

苗子は目前の現実が信じられず、放心したように民子を見た。

「どうした？」

不意に禎江が呟いた。そして、苦しそうな表情で、我が身の背を振り返ろうとした。

その言葉に、苗子は夢から覚めたように、

「なんでもねえ！」

と言って、民子が放そうとしたガーゼを必死で押さえた。

「お義母さん、きのう湿布を替えなかったから、ガーゼが背中にくっついて、うまく剥がせねえ。私らじゃあ心配だから、お医者様を呼んでやってもらうわ」

苗子は思いついた嘘で取り繕い、民子と共に義母の右肩を寝間着に隠した。

しばらくして医者が駆けつけた。禎江の右腕のつけ根を見て、一瞬は眉をひそめたが、

「おばあちゃん、少し治療していくからね。しばらくすれば痛みもとれるよ」

と言いながら、小豆色の肉の内側に食い込もうとする無数の小さな蛆を、一匹一匹ピンセットで摘み取り、消毒薬を浸したアルミの皿に捨てた。

治療が終わった医師を送りだし、ふたたび禎江の部屋へ戻ろうとしたとき、民子は貧血を起こし、蒼白な顔で廊下の端に屈みこんでしまった。


「苗子さん……」

民子が呟いた。

忌中の膳がある座敷と台所を何度も往復した疲れのためか、焦点の定まらぬ目線を投げていた苗子は、ハッとして顔を上げた。

民子は冷えた茶をひとくち飲むと、暗澹と苗子を見つめた。

「人間っていうのは……あんなになっても生きているもんですかね……」

民子が言わんとすることは、即座に理解できた。

「うん……」

苗子は台所の隅に置かれた数本の一升瓶を見ながら曖昧に頷いた。その隣では、広げた新聞紙の上にビールや日本酒の空瓶が散乱している。めくれた新聞紙の角を掠めるように、一匹の黒光りしたゴキブリが慌ただしく這っていった。苗子はそれを追う気力もなく茫洋と見つめていた。

「私は、あんなになるまで生きていたくないな……」

民子は悄然と言った。

告別式の夜には不謹慎な言葉であった。しかし苗子はそれを咎めもせず、

「私……悔いはないわ」

と自分に言い聞かせるようにぼそっと呟いた。

苗子と民子を包む疲労した空気を破るように、夫の信一郎が台所に来た。

「水をくれ！」

と言いながら苗子の隣にどっかり腰を落とした。

「まったく、キチガイ騒ぎだ」

信一郎は苗子の差し出した水を一気に飲み干すと、酒臭い息とともに隣の膳の騒ぎを詰った。

しかし、その夫も、ふたたび膳に戻ったときには、いつの間にか座の中心で大声をあげる一番のキチガイと化してしまった。

苗子はそんな夫の姿に、自分同様、禎江の死を自らに納得させようとする姑息な意識を見たような気がして、悲しくなった。

八

「苗子さんは、本当に苦労したと思うわ……」

しばらくすると、民子は疲れた表情で苗子を見た。

「私は、そんなに苦労してねえわ……」

苗子はぬるくなった茶を一口すすって目を閉じた。

「でもね……」

民子がそう言いかけたとき、酩酊した亮三（りょうぞう）がぬっと台所に現れ、その言葉を遮（さえぎ）った。

亮三は覚束（おぼつか）ない口振りで新たな酒を要求した。

「亮三さん、あんまり飲まないほうがいいよ」

民子は咎（とが）めながらも、取りつくしまのない亮三に一升瓶を手渡した。

「苗子さん……」

食卓に座った民子は、亮三の後ろ姿に目配せしながら小声で、

「このあと、どうなるんかね」

と苗子に顔を寄せて囁いた。

《本当に、どうなるのだろう?》

民子の懸念は、そのまま深い憂患となって苗子の疲労した頭に覆いかぶさっていった。

苗子がこの家に嫁いだとき、信一郎の弟や妹は、東京や近隣の市町に独りで、あるいは家庭を持って、それぞれ独立していたが、末子の亮三だけは家を出ずに、二階の一室に居を構えていた。

それから長男の祥一が生まれるまでの四年間、亮三との同居と相成ったが、当初、何事にも受か身で柔和な性格にみえる大柄な義弟との同居を、苗子はさして重荷には感じなかった。

大正期から米問屋を営んでいるこの旧家は、二階だけでも五部屋あり、亮三の部屋と夫婦の部屋は、それぞれが建物の東西の端に位置していた。間には納戸を含めた三部屋分の距離があり、互いのプライバシーをそれほど気にする必要がない状況だったためかもしれない。

当時、亮三はまだ二十歳(はたち)をいくらか過ぎた若者だった。地元の工業高校を卒業したあと、隣町の材木会社に就職したが、一年ちょっとで退社し、苗子が嫁いだときは定職もなく、友人が勤める会社の臨時雇いに出たり、夏場は近隣の観光地にある飲食店で手伝いをしたりと、実家住まいの気楽さをそのまま体現したような生活ぶりであった。

家業の繁忙期には、夫である信一郎に頼まれて、米穀の配送などを手伝うこともあったが、暇をもてあましているわりに、自ら進んで兄の仕事を手伝おうとする気配は見られなかった。

苗子も、この家や家族への遠慮があるうちは、
《なにか将来の目的があって、こうした生活をしているのだろうか》とも考えたが、亮三の生活態度からは、そのような若者らしい向上心や目的意識は、まるで現れてこない。しかし、共に暮らすうちに、その生活の……というより、そうした生活をする亮三の意識の、根源にあるものが次第に見えてきた。

ひとつは父親から受け継いだ資質であった。

義父の善吉は、まだ六十歳になったばかりの矍鑠（かくしゃく）たる初老の男であるにもかかわらず、家業にはほとんどノータッチの状態だった。集荷のオペレーションや帳簿の記帳はもとより、得意先の接待から盆暮れの贈答の世話まで、義母の禎江が一手に差配していた。

もちろん、取引先との交渉や集配などは夫である信一郎の領分だったが、主な指示は義母から出ているのである。

義父は……と言えば、電話番ひとつせず、近くの千曲川への釣りや投網、週に数回は小唄の稽古、さらには、隣の駄菓子屋へ入り浸っての花札など……あたかも家業を息子に譲った隠居暮らしといった毎日であった。

亮三は、彫りの深い細面の顔立ちも、大柄な体躯も、善吉によく似ている。

信一郎や次男の克治は、どちらかといえば母親似で、骨太のがっしりタイプではあるが、背はそれほど高くなく、ややエラの張った実直そうな面立ちであったが、亮三だけは、善吉の遺伝子を強く受け継いだようで、三人の兄弟のなかでも異質な風貌だった。

風貌の酷似は、そのまま性格の酷似でもあった。

女の苗子から見た義父と義弟は、いわゆる『体裁（ていさい）ばかりの男』であった。

いつも鷹揚（おうよう）に構え、その言動や物腰は、いかにも頼りがいのある男といった雰囲気を漂わせている。ちょっと見には『いい男』ではあるが、その実、人間としての底は浅く、風貌に実質がまるで伴わない。

何かを背負う気力もなければ、責任感もない。人生の目的や目標があるわけでもなし、当然、それに向かっての努力や精進などという気概などあろうはずがない。たえず『棚からボタモチ』『濡れ手でアワ』といった安直な金銭感覚が意識を支配しており、コツコツと働き、信用を積み重ねるといった、当たり前の仕事観などは、およそ無関係の世界にいる。

義父はともかく、若い亮三がそれでは、先の見込みはまるでない。

ときおり尋ねてくる友人も、ご同類の低レベルな価値観の者ばかりで、いつも聞こえてくるのは、それらの輩（やから）を相手に、あたかも、仲間うちの指導者然と、尊大に振る舞う亮三の声である。

実質を見切った苗子からすれば、まるで魅力のない『男』でありながら、こんな調子を飲み屋などで発揮すれば、騙される女も多々あるだろう……と思う。

現に、苗子が知る限り、亮三と同居していた四年の間にも、怪しげな女との付き合いが三度ほどあった。しかし、それらの手合いですら、半年もしないうちに亮三という男の底が見えためか、電話もかかってこなくなる。

三十六歳になっても独身であるという事実は、亮三の性根が、当時のままであることを物語っている。


忌中の膳の喧騒に興味をもったのか、禎江の夫の善吉(ぜんきち)が、よたよたと廊下を歩いてきた。

座敷へ入ろうとして、敷居に躓(つまず)き、覚束(おぼつか)ない手つきで柱にすがった。

「あれ！　善吉(ぜんきち)さん！」

それを目敏(めざと)く見つけた誰かが叫んだ。座敷のすべての視線が善吉に注がれ、一瞬部屋が静まり返った。

「どうしただ、ばかに賑やかだな……なんかあっただか？」

善吉は歯のない口をあんぐり開き、空気が洩れる声であっけらかんと言った。

禎江の死は、善吉にも知らせてある。しかし、認知症が進んだ善吉には、妻の死すら理解できないようで、ただ「ふ〜ん」と頷いただけであった。

「オヤジ！」

そのとき広縁の隅から亮三が小走りに歩み寄った。

「オヤジ、行くで」

亮三はボケた父親の肩をしっかり抱き、強引に善吉を奥の部屋に連れていった。

「ありゃぁ、もうダメだ。テメエの女房が死んじまったっていうのになぁ」

座敷にざわめきが戻ったとき、一際大きい宗助じいさんの声が響いた。

それからしばらくしても亮三が戻ってこないので、心配した珠美が様子を見に行くと、弟と父親の二人は、かつて見たこともない睦まじさで酒を酌み交わしていた。

九

夫の信一郎は、父親の生きかたを軽蔑しきっていた。

「オレは、あんやヤツはオヤジだとは思ってねえからな、おまえもそのつもりでいろ」

と、ことあるごとに憤懣を吐いた。とはいえ、嫁の苗子にしてみれば、実の親子のような遠慮のない忌避の態度は憚られる。そのため、善吉に対しては、適度に愛想を交え、適度に無視する以外に、方法は見つからない。

しかし、義父と義弟（亮三）の資質や生き様がどうであれ、苗子は、関係のないことと意識から遠ざけておくことができた。

それよりも、苗子にとって一番疎ましかったのは、義母が家業の売り上げのなかから義父と義弟に金を与えることであった。とくに末子の亮三に対しては、金銭的な庇護にとどまらず、万事につけて、まるで幼児に接する母親のような溺愛ぶりである。

義母は、女である苗子から見ても、母性が異様に強い女であった。ときおり実家を訪れる他の兄弟姉妹に対しても、その本能は十分に発揮されてはいたが、平生の、義母の母性は、自立できない末子の亮三へと一心に注がれている。

さすがに嫁いで三年目を迎える頃になると、金を与える行為に関しては、苗子も夫に不満をこぼすようになった。

「オレが完全にこの家を継ぐまでだ。我慢してくれ」

信一郎は苦々しく言う。夫がそれなりに考えていることを知って、苗子はやや安心した。

亮三の、幼稚で他力本願の人生観は、もしかしたら、義父の性格を受け継いだというより、義母の溺愛が育んだものかもしれない……少なくとも、義母の溺愛ぶりは、父親から遺伝した性分を、極限まで増幅する大きな要因になっていると、苗子は痛切に感じていた。

長男の祥一が誕生したのを機に、禎江は家業の実質を長男に託し、亮三も隣町のアパートに居を移した。

信一郎が亮三の自活の話を切りだしたとき、禎江は難色を示したが、信一郎が母と弟の二人を説得し、アパートの敷金や礼金を払い、最後は、半ば強制的に亮三を自活させたカタチであった。

亮三は、自活を始めてからも、数ヵ月に一度は金の無心に来た。

それも、家業を握った兄に対して無心するのではなく、苦しい生活ぶりをそれとなく禎江に訴え、母の威厳と口を借りて金を引き出すのである。

「オメエ、真面目に働く気はあるんか？」

信一郎は、弟のふがいなさを詰（なじ）ったが、それに対抗するのはいつも禎江であった。

「そんなこと言ってねえで、貸してやれ！　オメエはちゃんと家を継いだだから、それぐれえはしてやるもんだ。亮三だって、好きで苦しい生活をしてるわけじゃあねえ。人間は、上手くいかねえことだってあるだからな」

「お袋が、そうやって甘やかすから、亮三はダメになるんだ」

夫はそう言いながらも、都度、かなりの金を義母に手渡した。

しかし、不思議なことに、息子二人は亮三によく懐（なつ）いた。

「祥一も祐司も、あんなに懐くんだから、亮三さんにもいいところがあるのよ」

苗子は、憤慨する夫を慰めようとしたが、

「ばかこけ！　ガキと一緒の頭脳構造だから、祥一も祐司も同類に見ているだけだ。それに、仕事もしねえで遊び歩いてるから、子供らも遊び相手と考えてるんだ！」

《たしかに、そうかもしれない》と苗子も思う。

しかし反面では、憤ってもしょうがないという諦念があった。

忙しさにかまけて、子供の面倒もろくに見ることができない自分たちに代わって、子供らを映画に連れて行ったり、食堂で食べさせたりしてくれる亮三に、礼金を支払っていると思えばいい……と、そうした状況を自分自身に納得させていた。

ただ、盆や正月に、子供にとっては多すぎる小遣いを、磊落な態度で渡す亮三を見ていると、喜ぶ子供たちの様子とは裏腹に、《その金も、自分たちの懐から出ているのに……》と、溜め息のような落胆だけが湧いてくる。それでも禎江は、そんな亮三の様子に、満足気な表情だった。

《これほど大きな庇護を失った亮三は、この先どうなるのだろう……》

苗子は、同じ母親として、禎江の『母としての強さ』を肌身で感じていたし、ある面では敬意すら抱いていた。

しかし、末子への溺愛だけは、同じ母親として許容の外にある。

《自分が弟の祐司に、より厳しくしてしまうのは、義母を反面教師にしているからだろうか……》と思う。

祐司が幼稚園に入った頃から、苗子は、長男の祥一に比べて、祐司の依存心の強さや主体性のなさを感じるようになった。次男であれば、それもしょうがない……と思える程度ではあったが、苗子は、強い危惧を覚えた。以来、苗子は『弟だからしょうがない』という観念を排除し、祐司を長男の祥一と同じ位置におこうと努めた。

「兄ちゃんを、あんまり頼るんじゃねえよ。兄ちゃんだって、おまえとそんなに歳は変わらねえんだから、自分のことは自分で考えなよ」

こんな言葉を意識して言うようになった苗子に、禎江は

「苗子は、祐司にはバカに厳しいようだが、まだ小せえだから、そんなに厳しく言うもんじゃあねえ」

などと、しばしば諌めた。しかし苗子は、そのことだけは折れなかった。

《祐司を亮三のようにしてはならない》

それは、親の使命感というより、母親としての闘争心であった。

十

「祥一、二階へフトンを敷いておいたから、子供らを集めてもう寝ろや」

苗子は台所の隅のテレビにかじりついていた子供たちに声をかけた。

祥一は不服そうに頷くと、弟や従兄弟を促して二階へと上がった。祐司と幸雄と友樹の年長組三人はまだ眠くないのか、連れていくのに手間取ったが、それでも寝間着に着替えてフトンに入ると、すぐに軽い寝息をたて始めた。

そんな従兄弟たちを横目に、祥一はなかなか寝つかれなかった。

未明の祖母の死から、通夜膳、工場の火事と、はじめてのことが続いたためか、首から下は痺れるように疲れていたが、頭の芯が妙に冴え、眼球の奥がジワッと熱を帯びているような感じがする。

人々の声が聞こえてくる。後頭部の枕の下では階下のざわめきが小さく響いていたが、目線の先にある蒼然とした天井は、不思議な静寂が漂っていた。

『祥ちゃんも、かわいそうだねぇ……』

自分の名前が虚ろに聞こえた。祥一は思わず聞き耳をたてた。

『祥ちゃんは、とくにおばあちゃん子だったから、本当にかわいそうだと思うわ……』

雑然とした声にまじって、ふたたび自分のことを言っている声が聞こえた。民おばちゃんの声らしい。

『そうだわねぇ、親の言うことは聞かなくても、お義母さんの言うことは不思議と聞く子だからね……』

母の声が応えた

『ほんとに……祥ちゃんは、誰がこの家を仕切ってるか、ちゃんとわかっていたんだねぇ』

『やだわ、民子さんたら』

『でも、祥ちゃんも、もう中学二年だし、祐ちゃんや従兄弟たちと違って、お禎さんが亡くなった悲しみだって、私ら以上に感じていると思うわ』

祥一の心に、忽然と熱い感情が湧いてきた。

心臓の音がどくどくと聞こえる。その鼓動がしだいに大きくなり、それにつれて階下の喧騒が遠のいていく。

不意に隣の祐司が、意味のない寝言を洩らして寝返りをうった。その他愛ない寝言が、祥一の熱い感情の封印を破り、取り留めのない悲しみとなってあふれ出た。

祥一は、かけてあるタオルケットを目の辺りまで引き上げ、あふれてくる嗚咽を懸命にかみ殺した。

『お禎さんが丹精込めて造った花壇の花が、この秋も咲くだろう。お禎さんは死んでも、花は咲き続ける……』などと死者の霊を慰める言葉が聞こえた。

座敷の喧騒に、その言葉を聞き取った長女の和美が不意に涙をこぼした。

「姉ちゃん……」

隣にいた妹の珠代が、ポケットからハンカチを取り出して渡すと、和美はハンカチに顔を埋めて咽び泣いた。

「姉ちゃん、母さんは幸福だったんじゃあないかしら……独りで死んだわけじゃあないし、それに最後まで自分が死ぬってことを知らずにいたんだから……」

和美は泣きじゃくりながら、妹の慰めにウンウンと頷いた。その隣から、和美の夫の慶太が声をかけた。

「そうだよ、珠代さんの言うとおりだ。お義母さんは死ぬまで気丈だったし、あれこそ大往生ってもんだよ。お義母さんは軽くなっちまったが、そのぶん子供や孫たちが重くなっている。だから、本当にご苦労様でしたって送ってやろう」

夫の慶太は、酒で回らない舌を懸命に使って和美を慰めた。

和美はハンカチを目に当てたまま、夫に対してもウンウンと頷いたが、心のなかでは夫や妹の慰めの言葉を強く否定していた。しかし、否定すればするほど、母が哀れに思え、その哀れさが新たな涙を誘うのである。

隣の市に住む和美は、母が医者から見離されて実家に戻った一ヵ月前から、暇を見つけては実家を訪れ、母の容体を窺っていた。

その母が病院から戻ってから二日目のことだったと記憶している。

その日、母は身体の加減がいいらしく、フトンから起き上がり、座卓について昼食をとった。右手が利かない母は、左手にスプーンをもって、飯を不器用に口へ運ぶ。和美は母の隣に座り、口元からこぼれる飯粒やら汁やらを拭ってやっていた。

「和美……」

母が食べかけの飯を膳に戻し、声をかけた。

「慶太さんは、給金をどのくれえもらってるだ？」

「え？」

和美は母の突然の言葉に戸惑った。

慶太の勤めていた商事会社が倒産したのは昨年の三月であった。それからしばらくは失業保険で食いつなぎ、昨年の秋口に、なんとか電気部品会社へ新たな職場を見つけたが、給料は商事会社の頃に比べると随分減ってしまった。正月明けからは和美も近くの給食センターで、一日五時間ほどパートタイマーとして働きはじめている。

大筋の事情は母親も知ってはいたが、このように立ち入ったことを聞いてきたのは初めてであった。

「少しは良くなってきたか？」

母は慈愛に満ちた目でこちらを見た。

「お母さん……」

和美は一瞬息を詰まらせ、

「大丈夫よ、だんだんよくなってきてるから」

「和美、ちょっとその箱を取ってくれや」

母は部屋隅に置いてある箱を顎（あご）で示した。それは、母が嫁入り道具のひとつとして持ってきたものである。竹で編んだ朱塗りの年代物の裁縫箱であり、母が宝物のように慣れ親しんでいるものであった。

和美が言われたとおり箱を母の左脇に置くと、母は左手でそれを開け、なかから分厚い封筒を取り出した。

「これ持ってけ」

母はその封筒を和美に手渡した。

訝しげに中を窺った和美は愕然とした。分厚い封筒の中身は、真新しい紙幣だった。

「お母さん……」

「いいから、持ってけ。オラはこんな生活してるから、そんなもんに用はねえ」

「でも……ダメよ」

「持ってけって。それで友樹や美智子の服でも買ってやれ。オラはそのほうがどれだけ嬉しいか……」

母はそう言うと、スプーンをとって食べかけの飯を満足そうに口へ運んだ。

和美は母の横顔を見ながら思った。

《母は、自分の死が近いことを知っている……》

不意に、息子の友樹と娘の美智子の顔が浮かんだ。もし、自分が死を意識したとしたら、迷うことなく、自分の持てるものをすべて子に与えるだろう……そんな気がした。

しかし、そう思えば思うほど、目の前で不器用に飯を食べる、朽ちかけた肉体の母が、頼もしくもあり、哀れでもあった。

和美はこのことを誰にも話さなかった。母から口止めされたこともあったが、そのことを口にした瞬間、母の死に、例えようもないほど孤独な影がつきまとってしまうような気がしたからであった。

母が、どのようにこの金を蓄えたのか、和美にはわからない。しかし、持てる金を全て子に与えた母に、今生の別れを覚悟した孤独な影を見てしまうのだ。

家に戻って数えてみると、紙幣は全部で三十六枚あった。

十一

苗子が、座敷の喧騒の合間を縫って、徳利やら空皿やらを集めて台所に戻ると、民子がテーブルにうつ伏していた。

「民子さん……」

声をかけると、民子は薄目を開けた。

「民子さん、疲れたかね。ちょっと横になるといいよ」

「いえ、大丈夫よ。それよか、うちの父ちゃんは？」

民子は、テーブルから身を起こし、鼻をすすりながら隣の居間を見た。

「宗助さんなら、仏様(ほとけ)の前で、ウチのと一緒になんか話してたわ」

「あれまあ、いつもならもう寝てる時間なのに……やっぱりお禎さんのことが頭にあって、眠気もおきないのかねぇ」

「そうだね、あの二人はいい茶飲み友だちだったからね」

「善吉さんが、あんなだから、うちの父ちゃんみたいな人でも、お禎さんはどこか頼りにしていたのかな」

「そうだよ、たぶん……ほら、民子さんと亮三さんの結婚話があったときさぁ、あんときも二人で盛り上がってたじゃないの」

苗子は疲れた笑みを浮かべた。


禎江と宗助の間で、民子と亮三の結婚話が持ちあがったのは四年前だった。

離婚して実家にいる民子を、亮三にくれと禎江から宗助に持ちかけたのが、話の始まりのようである。亮三の性根を知っている宗助は、最初、かなり危ぶんだが、結局は禎江の独善的な弁に屈したらしい。もっとも宗助にしてみれば、出戻りで、三十路(みそじ)を迎えた末娘の将来を考えると、相手に多少の難はあっても、そこは、母親である禎江がしっかり監視し、カバーしてくれるだろう……という「親心」と「打算」をかけあわせた妥協だったのかもしれない。

当時、亮三は三十二歳、民子は三十一歳であった。二人は、幼い頃から近所の仲間と一緒に遊んだ仲であり、小・中学校とも同じである。

話を聞いた民子は、すぐに苗子に相談した。

民子は、幼馴染みの亮三の資質を、ある程度は知っていた。しかし、中学生ともなると、自然と男女の意識が芽生え、直接話をする機会はほとんどなくなってしまった。まして、それから高校生、社会人と成長し、一旦は他家へ嫁いだ民子にとって、亮三とは十数年のブランクがある。離婚して実家に戻ってきたとき、亮三はすでに隣町で自活していたため、顔を合わす機会すらなく、三十路を過ぎた亮三がどのような男に成長しているのか、皆目わからなかった。

真っ先に民子の脳裏に浮かんだのは、嫁である苗子であった。

自分とは歳も近く、二年前に離婚して実家へ戻って以来、親しく接する仲になっている。苗子にしても、嫁としての辛酸をなめた民子は、同じ嫁がゆえに抱く鬱憤を、唯一吐露できる相手だったのだろう。隣同士という親密さを超え、互いに胸襟を開ける仲であった。隣家の内実を聞くにはうってつけの相手であり、苗子ならば、客観的な評価をしてくれるだろうと思ったのである。

しかし苗子は、亮三の評価よりも先に、亮三との結婚に反対を唱えた。

「民子さん、あんたの一生にかかわることだから、正直に言うけどどね。止めたほうがいいと思うわ。苦労を背負い込むようなもんだから」

「そうか、父ちゃんは、亮三さんの勤めがはっきりしないからって、最初は渋々だったけど、やっぱり、職に就いてないのか……」

「ううん、私が反対するのは、そうじゃないよ」

「勤めのことじゃあないの？」

「その前に、立ち入ったこと聞くけど、民子さんはどうして離婚したの？」

「どうしてって……」

民子はちょっと躊躇(ためら)ったが、そのあと、前夫の女癖の悪さや、それを血縁ぐるみで糊塗しようとする婚家に苦しめられたことなど、言葉を選びながら、離婚に至った経緯を語った。

神妙に聞いていた苗子は、やがて、

「もし、亮三さんと所帯を持ったら、あんた、それ以上に、苦しい目に遭うわ」

「亮三さんも、女癖が悪いの？」

「そうじゃなくて、もっと根本的なこと……」

苗子が語るに、亮三には家族を背負う気概がまったく欠如しているらしい。亮三が三十路を過ぎても結婚できない理由もそこにあるという。気概の有る無し以前に、自分すら背負えない亮三は、自分以外の人間を背負うことを、無自覚に恐れているらしい。そのうえ、いつも体裁ばかり気にし、プライドだけは妙に高い。物事の矢面に立つことは無意識に避け、物陰で、やはり世間の流れから逃げた輩(やから)だけを相手に、悟りきったような弁を、偉そうに語るだけの人間だという。長兄である夫への、金の無心も頻繁で、もちろん返済しようという気持ちなど微塵もない。良心の呵責を抱くどころか、生活態度を諌める長兄を、煙たがってさえいるという。

「心地良い寝床に寝転がって、口を開けて、ボタモチが落ちてくるのを待っているような人だね……」

さすがにその例えには、民子も失笑してしまった。

苗子は辛辣（しんらつ）に言うが、もしかしたら、一番冷静で、適切な評価かもしれないと民子は直感した。

幼い頃の亮三を思い返してみると、幼いなりに、苗子のいまの評価に相通じる空気を、たしかに纏っていたと思えたからであった。

民子は亮三との縁談話を、強行に断った。

禎江の剣幕を恐れ、その顔色をうかがっていた父親の宗助も、民子の毅然とした物言いの余勢を借り、次第に否定的になり、縁談話はいつしか流れてしまった。

「あんときは、大変だったわ」

民子は向かいの苗子に笑みを返した。

「こんなに早く、お義母（かあ）さんが逝ってしまうとは思わなかったけど、こうなってみると、あんとき民子さんにきつく話してよかったと思ってる。本当に、この先、亮三さんは……」

そう言いかけたとき、民子が苗子を制し、ちょうど苗子の背後になっている座敷のほうに目配せした。

亮三が台所に入ってきたのである。二人の横を覚束ない足取りで歩き、勝手の蛇口に口をつけ、喉を鳴らして水を飲んだ。

苗子は恐る恐る声をかけた。

「亮三さん、お義父さんは、大丈夫かい？」

「少し酒を飲ましたら、寝ちまったよ……」

袖で口を拭いながら言うと、「フウ〜」と大きな息をついた亮三は、新しい一升瓶をわしづかみにして、座敷へと消えてしまった。

《本当に、亮三さんは、どうなってしまうんだろう》

苗子の脳裏に、吐息のような憂慮が流れた。

兄弟の軸であった母親はすでに他界した。夫はこの先、亮三からの金の無心には決して応じないだろう。『これが最後だ』と幾ばくかの金を与えることはあっても、以後は何があろうと、亮三の窮乏を、金銭で救済することはしないと思う。

そうなったとき……亮三は初めて自立し、己の食い扶持を探し、耐えて働く道を見出すかもしれないという僅かな望みはあるが……亮三のこれまでの生き様から判断すれば、より安直で怪しい方法に手を染め、その結果、世間からの責めや他人からの債務をつくる羽目になるかもしれない。それよりも、背に腹は代えられず、いつもの体裁を忘れて、『遺産をよこせ』と夫に迫るかもしれない。いずれにしても、長男である夫は、母親が育んだ弟の瑕疵（かし）を、どこまで背負い続けねばならないのだろうか……

母親でありすぎることは、こうも大きな禍根を生んでしまう。

まわりから『逞しい母』『強い母』と賞賛を得る禎江も、その裏では、兄弟が血で贖（あがな）わねばならない因子を残したまま、黄泉の国へと旅立ってしまった……。

十二

座敷が急に騒がしくなった。

苗子と民子は、ぎょっとして椅子から身を起こし、居間との境になっている襖（ふすま）に駆け寄った。

半開きになった襖越しに見える座敷の縁側では、仁王立ちで右手を振りあげた亮三を、信一郎と克治の二人の兄が懸命に制止している。信一郎は背後から亮三の肩をおさえ、脇では克治が振り上げた右手のヒジをつかみ、「亮三、落ち着け！」としきりに宥めていた。

「バカやろう！　オフクロの通夜だってのに、歌なんか唄いやがって！」

亮三は充血した目で、釣具屋の跡取り息子の昌雄を睨み、唾液と怒号を飛ばしている。

どうやら、亮三の癇癪の原因は、釣具屋の息子が酔った勢いで歌を唄い始めたことにあるらしい。通夜での唄は、いささか不謹慎ではあるが、平生から実直さで聞こえる昌雄の行為は、おそらく膳の酩酊に許される範疇のものだったのだろう。しかし、泥酔状態の亮三は、昌雄がかつて近所の悪童仲間の後輩だったという遠慮のなさもあってか、感情を爆発させてしまったらしい。

「亮三、オメエ何をそんなに怒ってるだ！　湿っぽく送るより、明るくオフクロを送ってやったほうがいいじゃねえか」

克治は亮三の前に素早く立ちはだかり、怯える昌雄を、亮三の視線から隠そうとした。

「何言ってるだ！　そこの棺桶の中にゃあ、オフクロがいるんだぞ！　オフクロは独りで冷たくなっているってえのに……この野郎、そんなに楽しいんか！」

大柄な体躯をかぶせた亮三は、克治の肩越しに昌雄を睨み、なおも面罵した。そのとき、背後から信一郎が亮三の両肩をわしづかみにし、耳元に顔を近づけて言った。

「亮三！　マアちゃんだって悪気で唄ったわけじゃあねえ。忙しいなかを、オフクロを送りに来てくれたんだぞ。それを……身内のオメエがこんなザマで、恥ずかしくねえんか！」

長兄の一喝で、末っ子の気勢がそがれた。

「ふん！　調子に乗りやがって……」

亮三は糸の切れた傀儡のように、ペタリと廊下に座り込み、コップの冷酒を乱暴にあおった。その脇にヒザをついた克治が、亮三を慰めた。

「亮三……オフクロは、静かに死んだっていうじゃねえか……そりゃあ、年齢的には早すぎるけどな……事故で死ぬ人や苦しんで死ぬ人だって多いなかで、オフクロは安らかに逝ったんだからな……」

亮三は克治の言葉を無視し、「ふん」と視線をそむけた。しかし、克治はなおも優しく、

「人の生き死にも運命なんだよ……オレたちもせめて明るく送ってやろうじゃねえか……」

「安らかに逝こうが、運命だろうが、オフクロが冷たくなっちまったことは、変わらねえ！」

亮三は一升瓶をわしづかみにして、コップに酒を注ぐと、喉を鳴らして一気に飲み干した。

苗子は、この悶着を茫然と見ているうちに、軽い吐き気を覚えた。

腹の底で、吐き出せない罪悪感が疼いている。脳裏には義母の臨終の光景がありありと蘇っていた。苗子は縋る思いで夫の信一郎を見た。亮三の背後で棒立ちになった信一郎も、一瞬、複雑な色を浮かべた視線を苗子に返したが、すぐに暗澹とした表情で、気が抜けたようによろよろと自分の膳に戻った。

禎江が息を引き取ったのは、その日の早朝であった。

数日前から食はめっきり細っていたが、亡くなる前々夜はまったく食べようとせず、顔を歪め、苦しげな息づかいでしきりに身体（からだ）の痛みを訴えた。

苗子は、台所で食後の茶を飲んでいた信一郎に禎江の容態の急変を伝え、救急車を手配して、かかりつけの病院へ禎江を運んだ。禎江を診た医師は、すぐに鎮痛剤を打って禎江を眠らせた。

「最善を尽くしますが……心づもりだけはしておいてください」

医師は信一郎に向かって静かに告げた。

「意識は……戻りそうですか？」

「なんとも言えません。すでに病巣は限界を超えていますので、このまま、ということもあり得ます」

二週間前、禎江の病巣から蛆（うじ）を摘（つま）み取った医師は、絶望感を隠さなかった。

《義母は、このまま逝ってしまうのだろうか……》

静寂を取り戻した禎江の寝姿を見ながら、苗子は思った。

しかし、今朝の明け方になって、禎江の顔に苦悶の表情が浮かび、低いうめき声がもれた。付き添っていた苗子は、すぐに当直の職員に報せ、自宅にも連絡を入れた。やがて医師が駆けつけ、それから二十分ほど後に、寝癖で跳ね上がった髪を振り乱して、信一郎が駆けつけた。

集中治療室へ移送された禎江は、昏睡に近い状態であった。どんなに呼びかけても応えず、ときおり苦しそうに顔をしかめるだけであった。

医師は、信一郎と苗子に、すでに鎮痛剤も効かない状態であり、このまま苦しませておくより、安らかにしてやった方が良いのでは……と、安楽死の決断をにおわせた。

信一郎は苗子を促して病室を出ると、ナースセンター脇のソファーにペタリと腰を沈めた。

苗子は、ほのかな照明に浮いた夫の顔に、深い焦燥を見た。

「オフクロの状態は、家へ戻ったとき克治と和美には報せておいたが……もう一度……相談したほうがいいか？」

信一郎は懊悩していた。母親の安楽死という重大な決断の責は、いくら長男ではあっても、一人で背負うには重すぎる。

「でも、いまから連絡してたんじゃあ……そのあいだずっとお義母(かあ)さんを苦しませることになるわ……」

「そうは言ってもなぁ……」

「お義母(かあ)さん……かわいそうだわ……」

禎江が家へ戻って以来、苗子は義母の苦しむ様を間近に見てきた。そして、その朽ちた肉体に蛆(うじ)を見てからというもの、すでに死滅した肉体のまま生き続ける義母に、哀れさと畏敬の両方を、強く感じるようになっていた。余命わずかと宣告されたいま、義母を苦しみから解放してやりたいという思いだけが、疲れた意識を支配していた。

「そうか……」

信一郎は、両方の手のひらで顔を多い、深い溜め息をついた。

「そうしてやった方が……いいか……」

やがて信一郎は苗子を悄然と見た。その目の色には、胸に余った罪の意識がじわじわと滲み出るような、不穏な揺らめきがあった。

「お義母さんは……気丈でプライドの高い人だもの……もし、私がお母さんの立場だったら……このまま苦しみながら死ぬのを待つなんて……だから……安らかに、逝かせてやりたいわ……」

その言葉が、信一郎の罪悪感を和らげたようだ。

「そうだな……安らかに逝かせてやらなけりゃあな……それも、オレたちの役目だ……」

信一郎は、自分に言い聞かせるように、無機質な声で言うと、目で苗子を促し、病室へ戻った。

「おばあちゃん、痛みをとってあげるね……」

医者は静かに言い、禎江の左腕に針を入れた。その瞬間、苗子は、隣で見守る夫が、「うっ」

と嗚咽をかみ殺す気配を感じた。

すぐに禎江の顔から苦悶が消えた。

「お義母さん……」

苗子は腰を屈め、禎江を覗き込んだ。

そのときである。目をつむったままの禎江から声がもれた。

「オラ……ひと眠りするわい……あと……」

言葉の最後は、吐息のように、空気の流れる音になって消えてしまった。末期の言葉であった。

数分後、医者が臨終を告げた。

信一郎と共に泣き崩れながら、苗子は膝の震えを抑えられなかった。漏れる涙では流しようのない罪悪感であった。

安らかに逝かせてやりたいという一念から安楽死を承諾したが、臨終を聞いた瞬間、その死を決めたのは、紛れもなく自分だ……という呵責が、まるで、義母の肉体を離れた霊体からの責めのように、計りしれない重量感で脳髄へ直にのしかかってくる。

たしかに禎江は余命数時間の容態であり、意識を失うほど苦しんでもいた……しかし、どれほど己を慰めても、『義母の生命に決着をつけたのは自分だ』という事実は、拭いようがない。

苗子は、待合室の公衆電話で、兄弟たちへ死去の連絡をする行為に没頭した。電話の向こうで絶句し、あるいは、すすり泣く兄弟たちと、悲しみを共有しているうちに、自責の念が次第に薄れて行くような気がするのであった。
待合室の窓から斜めに射しこむ早朝の陽光が、電話台の下半分をくっきりと浮かび上がらせている。ときおり、透明な静寂のなかを、患者が起きだす気配や、配膳の準備の音が低く響いてくる。
《新しい一日が始まろうとしているのに……義母の生涯は終わってしまった……》
兄弟に連絡し終えたあと、苗子の頭には、妙に乾いた憂いだけが、綿ボコリのように浮遊していた。

「苗子さん……大丈夫?」

座敷の騒動が静まったとき、口をおさえて顔をしかめる苗子に、民子が声をかけた。

「ええ……なんともねえわ……ちょっと、喉が詰まって……」

苗子は台所の蛇口に行って、コップに半分ほどの水を飲んだ。

「お茶でも入れようか?」

民子はテーブルに戻ると、ポットから急須に湯を注いだ。

「苗子さんも、疲れたんだねぇ。それにしても、亮三さん、しょうがないわ」

「……」

「ほんとに、子供みたいなんだから」

「……」

民子が入れてくれた茶をすすりながら、苗子は、義母の臨終の直後、

『このことは、しばらくオレたちだけの胸に収めておこう。いいな……』

と呟いた信一郎の、鬼気迫る顔を思い出した。

《しばらくどころか……安楽死のことは、永久に言えない……とくに、亮三さんにだけは、ぜったい知られちゃあならない》

覚悟にも似た思いが、ヒヤッとした恐怖感を伴って脳裏をよぎった。

他の兄弟はともかく、亮三には、その事実を『余儀なし』と許容する器はないだろう。たとえ苦しみからの救済という大儀があろうと、長兄と義姉の二人が、母親の命の焔を吹き消したという事実だけが、厳然と亮三の意識を支配するだろう……。

先刻の、理性を逸した亮三の暴挙が、そのことを物語っている。

《夫も、それを感じたのだろう》

苗子は、信一郎の暗澹とした目の色を思い浮かべた。

《自分と夫は、この先、死ぬまで、この罪意識を背負わねばならないのかもしれない……》

義母が、亮三を介して自分たち夫婦に課した咎（とが）は、意識に巣くった腫瘍のように、いつ果てるともしれない疼痛感を、じくじくと放っていた。

十三

この地方には、昔ながらの変わった風習がある。それは、通夜に集まったすべての人が車座となり、手拍子を打ちながら念仏を唱えるというものである。

誰が言いだしたわけでもなく、その夜も、通夜の最後を締めくくる習（なら）わしがはじまった。

念仏の大合唱が終われば、みな散々と帰っていく。身内だけが残り、大風が吹き荒れた後の、気が抜けたような静寂と、仏への追慕（ついぼ）が入り混じった、本当の悲しみが訪れる。それは避けることができない、今日までと明日からの、けじめの瞬間でもあった。

酩酊して正体のない宗助じいさんを、民子が引きずり起こし、どうにか歪（いびつ）な輪ができた。

やがて誰からともなく、『なんまいだ』という声と手拍子が起こった。

それを契機に、車座の人々から不揃いな念仏と手拍子が起こった。

『なんまいだ、なんまいだ』

唱（とな）えるたびに、手拍子も念仏もリズムを共有し、勢いがついてくる。

『なんまいだ、なんまいだ』

やがてそれは大合唱となって座敷を揺るがし、暗い庭へ響きわたった。

『なんまいだ、なんまいだ』

和美が号泣して蹲った。

『なんまいだ、なんまいだ』

苗子も珠代も、あふれる涙を拭こうともせず、憑かれたように手を打ち鳴らしている。

『なんまいだ、なんまいだ』

信一郎も克治も、目を開けられない。涙を隠すため、目を閉じたまま顔を天井にむけている。それでも、あふれた涙は、遠慮なく首筋を伝ってこぼれ落ちた。

合掌は、しだいに狂気ともいえる幽遠さを深めていく。

ただ一人、その輪に加わることを頑迷に拒絶した亮三だけが、広縁の柱にもたれたまま、じっと動かなかった。

信一郎のもとへ鎮火の報告に来た消防団の青年が、何事かといわんばかりに、怪訝な表情で勝手口から家内を窺った。

『ないまいだ、なんまいだ』

大声に起こされた善吉が、よたよたと廊下を歩いてきた。そして半開きの座敷の襖越しに、中の様子を呆然と見た。寝間着代わりの浴衣の紐が緩み、だらしなくはだけた腰の部分には、老人用のオムツが見えている。しかし、善吉の世話に立つものは誰もいなかった。

『なんまいだ、なんまいだ』

夜の帳に響く大合唱に誘われたように、晩春の突風がひとしきり、暗い庭の木々を、ごうっと揺すった。

祥一は誰かに揺り起こされた。

枕もとに流れた涙が、冷たい滲みになっている。祥一を起こしたのは弟の祐司であった。

「なんだ、祐司か……どうした?」

「ションベン……」

「ションベンか……待ってろ」

祥一はフトンから起きあがり、弟の手を引いて階段を下りていった。

階下は何事もなかったように静まり返っている。台所の引き戸から微かな明かりが洩れ、話し声が低く聞こえた。

「おや、どうした?」

二人が下りてきた足音を聞きつけて、母親の苗子が台所の戸を開けて顔をのぞかせた。台所のテーブルでは、叔母の和美と珠美が茶を飲んでおり、半開きになった襖の向こうの居間では、薄暗い畳の上で、父の信一郎が大鼾(おおいびき)をかいていた。

「祐司がションベンだって」

祥一はそう言うと弟を促して便所へ行った。

弟の小便を待つ間、祥一は祖母の遺影がある座敷の襖(ふすま)を恐る恐る開けてみた。通夜の膳はすっかり片づけられ、居間との境にも襖が戻されている。壇の最上部に据えられた祖母の遺影を両側から囲む燈明も、いつの間にか蝋燭(ろうそく)から豆電球の燭台(しょくだい)へと替えられていた。

蜀台の仄かな明かりに照らされた薄暗い室内には、叔父の亮三が横になっていた。まるで死人のように、静寂で不気味な姿だった。

祥一は襖を閉めることも忘れ、座敷によどむ空気をじっと見ていた。その気配が伝わったのか、不意に叔父が上体を起こした。そして、その場に胡坐(あぐら)をかいて、呆然とする祥一を手招きで呼んだ。祥一は腰を引いて、半歩後ろに下がった。

「祥一、こっち来い」

叔父は妙にドスのきいた低い声で、自分を呼んだ。その威圧感に屈し、祥一はおずおずと叔父の脇に歩み寄った。

「祥一……」

酒臭い息とともに名前を呼びながら、叔父は自分の肩に手をかけた。その手が微かに震えている。

「祥一、オメエ、今日の日を覚えておけ。今日はオメエのばあさまを送った日だ。オメエだってオメエのオヤジだって、ばあさまがいなけりゃあ、この世に生まれてなかっただからな。オメエのばあさまは、あれだけ子を残した。だけど……あれだけ子がいても、死ぬときは独りだ」

そう言うと叔父は、ウッと呻いて泣きはじめた。

「いや、ばあさまばかりじゃあねえ……これは人の常だ。人間ってえのは、みんな独りで生まれ、独りで死んでいくだ……」

叔父ははだけたワイシャツの袖で涙を乱暴に拭った。

「なあ、祥一。淋しいもんじゃあねえか。オメエももちろんだが、オメエの父ちゃんも母ちゃんも、元は人の子だ……その父ちゃん母ちゃんを産んだ人も、またその上の人も、人の子だ……人間なんて、その繰り返しを続けているだ」

叔父は泣きながら、まるで駄々っ子のように祥一の肩を何度も揺すった。

「考えてみりゃあな……そのうちの一人が死んだって、それは当たりめえのことで、なんの不思議もねえ……人間いつかは死ぬのだからな。けどなあ……それが自分を産んだ人間だと思うとなぁ……」

肩にかかった手が、ずるずると力なく滑り落ちた。そのあと叔父は、胡坐のなかに顔を埋め、肩を小刻みに揺らして『うっ、うっ』と呻くように泣いた。

いつの間にか、小便を終えた祐司が隣に来ていた。その祐司は、叔父の嗚咽に怯えたのか、メソメソと泣きはじめた。

叔父と弟が祥一の脇で忍び泣いている。

祥一は、自分でも不思議なほど冷然と二人を見比べ、《あしたから、また普通の生活がはじまる。でも、ばあちゃんはいないんだ。ばあちゃんがいなくなったら、じいちゃんはどうなっちまうんだろう……》と考えた。そして、何気なく壇を振り返ったとき、祖母の遺影が不意に迫って来た錯覚に見舞われ、慄然とした。

叔父が大きく泣き崩れた。それを見た弟がしがみついてきた。祥一は弟の小さな身体を庇いながら、ふたたび遺影を見た。

遺影はもう迫ってはこなかった。

燈明に浮いた祖母の表情が、先ほどよりもずっと穏やかに感じられた。

祥一は、なぜか遠い昔を見たような気がした。遠い遠い、まだ自分が生まれるずっと昔を、見たような気がした。

座敷の気配を察した苗子は、居間との仕切りになっている襖をわずかに開け、息を飲んでこの光景を見ていた。

泣き崩れる亮三の大柄な姿、立ち尽くす祥一、ヒクヒクとしゃくりあげて祥一にすがる祐司……背後からの燈明の光で、三人の姿が影のように見える。

《祥一は、何を考えているんだろう……》

腰を折って嗚咽する叔父にも、すがり付いて泣く弟にも、超然としたように屹立する息子の姿に、苗子は奇妙な逞しさを感じた。

その背後で、禎江の遺影が、白い光にぼんやりと浮いている。

居間で寝ていた夫が、意味のわからない言葉を発して寝返りをうった。吐き出すようなその声が、苦悩と悲哀に染まった夫の本音の悲鳴に聞こえ、苗子は惨憺とした思いを抱いた。

ふいに、義母の臨終の言葉が脳裏に蘇った。

『オラ……ひと眠りするわい……あと……』

次の瞬間、不気味な不安と焦燥が、みぞおちのあたりから頭のてっぺんへ、氷のような感触でスッと突き抜けた。義母の命とともに消えた末期の言葉の、声にならなかった部分が、啓示のように苗子の意識に響いてきたのであった。

『あと……は、頼むわい……』

《義母は……『あんたに任せたよ』と言いたかったのだろうか……》

それが、信一郎へのメッセージだったのか、それとも自分へのものだったのか……しかし、その言葉を一番間近に聞いたのは、死に際の顔をのぞきこんだ自分だ……。

亮三と息子たちの影を見ながら、義母から否応なく受け渡されたモノの、あまりの質量に、苗子は呆然と遺影に目をやった。

その時である。白く浮いた遺影の縁を、一匹のゴキブリが忙しげに這っているのが見えた。その生命感に、苗子は義母の遺志を感じ、恐怖を覚えた。

ゴキブリは、遺影の縁を上から下へと伝い、壇の暗部へと消えてしまった。

その行方を追って目を凝らしたとき、寂然と取り残された義母の表情が、一瞬、笑んだような気がした。

《了》

坂野　一人（ばんの　かずひと）

【略歴】
1953年，長野県生まれ。青山学院大学法学部卒業後、コピーライターとして活動。1993年から旅行関連の紀行文を手がけ、紀行文ライターを兼業。2005年から著作を発表。

【著書】
『南洋の楼閣』（旅情サスペンス）　文芸社刊
『ドラッカーの限界』（経済書）オンブック刊
『下高井戸にゃんにゃん』（青春愛猫小説）デジタルメディア研究所刊
『哀色の海』（恋愛小説）メタ・ブレーン刊

父の章 母の章

2023年12月25日　初版第一刷発行

著　者 ………………………………… 坂野一人

装丁・本文設計　増住一郎デザイン室
本文DTP　Afrex.Co.,Ltd.

発行所 ………………………………… メタ・ブレーン

東京都渋谷区恵比寿南3-10-14-214　〒150-0022
Tel：03-5704-3919 ／ Fax：03-5704-3457
http://web-japan.to ／振替口座 00100-8-751102